屋久島発、晴耕雨読

長井三郎
Saburo Nagai

野草社

まえがき

水平線とは、なんとも不思議な存在である。

果てしなく高い空と、果てしなく広い海。その果てしなく広がる、二つの青き世界の境界。

浜辺に立って眺めていると、港を出た船はいつか水平線の彼方へと消えてしまう。だからそれは、数キロほど先に確かに存在している。だがいざ船に乗ってたどりつこうとしても、どこまで行っても決してたどりつくことはできない。

在るけど無い。

無いけど在る。

水平線は、ぼくらが日々暮らしている場所のどこから眺めても、つねにぼくらの目の高さに位置している。標高二〇〇〇メートル近い宮之浦岳の山頂から眺めても、やはりぼくらの目の高さに位置している。

近視眼的に見れば、直線。

大局に立って見れば、曲線。

なんと不思議な、まっすぐな曲線！

日々、そんな水平線を眺めて暮らす島人たちと、日々地平線を眺めて暮らす人たちとでは、きっとものの見方や考え方に大きな違いがあることだろう。

本土や大陸のような地続きの地に暮らす人々は、地平線の彼方に行こうと思えばいつだって行くことができる。どんな手段を使っても、二四時間いつでも行くことが可能である。

だが、島という閉鎖空間に暮らす人々は、自力で海や空を越えることはできない。船や飛行機が欠航すればもうお手上げだし、危篤電報を受け取ったとしても、夜中に島を抜け出すことは絶望的である。

まずは諦観し、仕方のないことだと思うところから出発しなければ、島での暮らしを樹立していくことはできない。

受け入れる思想と、攻め込む思想。

極論すれば、それが水平線を見て暮らす人々と、地平線を見て暮らす人々との決定的な違いかもしれない。

島で暮らすということは、外からやってくるものを、ひたすら待つということ。島で暮らすということは、いいものも、悪いものも、すべてひっくるめて全面的に受け入れるということなのである。

過去を振り返ると、外からやってくるものはいいものばかりではなかった。禍もまた、いつも海の彼方からやってきた。それでも島人たちは、外から襲いかかってくる荒波に翻弄されながらも、これまで生き抜いてきた。四面楚歌の島には、逃げ場所などどこにもないのだから、全力ですべてを受け止め、立ち向かうしかないのである。

来る日も来る日も、水平線を眺めながら、島人たちは今日を紡いでいる。雨の日も凪の日も、日々眺めつづけていると、それはまるで探し求めている人生の存在理由のようにも思えてくる。たどりついたかと思ったら、求めるものはまだ遥か遠くにあって、求めれば求めるほどさらに謎は深まっていく。

本当に大切なものは、何なのか？

本当に必要なものは、何なのか？

そのために人は、何をしなければならないのか？

そのために人は、何をしてはいけないのか？

一人浜辺に座って、水平線を見つめながら、そんなことを思う。だが応えてくれるものはいない。波が寄せては返すだけである。

屋久島発、晴耕雨読

もくじ

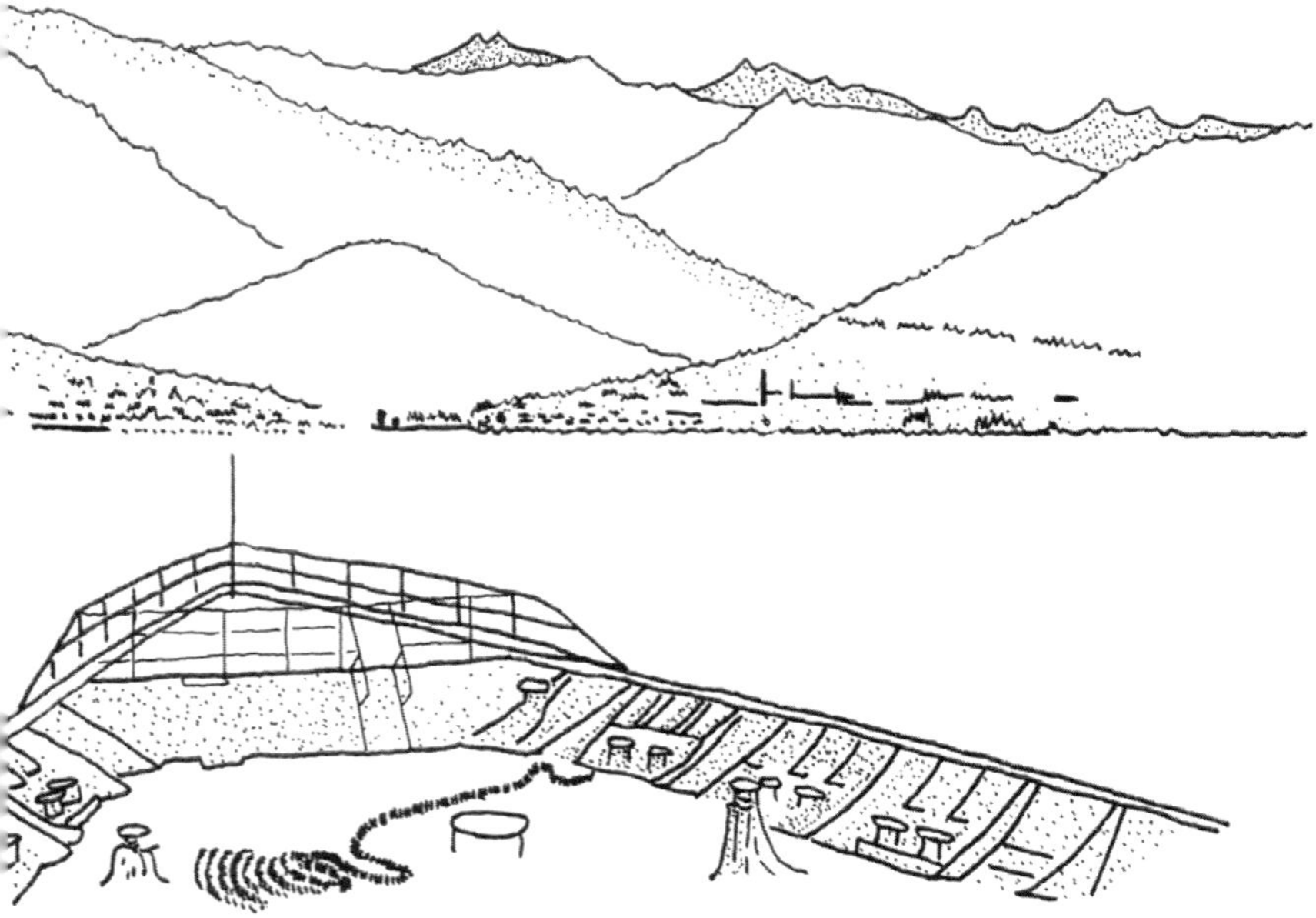

屋久島発、晴耕雨読

長井三郎

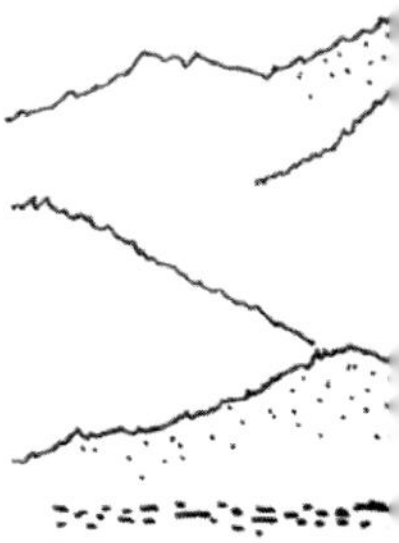

この川のほとりで

ぼくは川のほとりに住んでいる。毎日川を見て暮らしている。幼いときもそうであったし、大人になった今も、そのことは変わらない。朝に昼に夜にぼくは川を眺め、川もまた昔も今も変わらずに、とうとうと流れつづけている。

小さいころ、どうして川の水がなくならないのか不思議だった。梅雨が明けると、まばゆい太陽が照りつけ、カラカラの晴天が何日もつづく。何日も何日も雨が一滴も降らないのに、川の水は涸れることはない。

どうしてなのだろう?

そんな素朴な疑問に首をかしげながらも、子どものぼくはひたすら水遊びに夢中だった。もちろんそれはぼくだけではなく、みんな川が大好きだった。この島の子どもたちは川の流れの中で泳ぎまわり、真っ黒く日焼けし、たくましく育っていくのであった。

川が子どもらの友だちであり、そして師であること。そのこともまた、昔も今も変わらないことのひとつである。

変わらないことの中で、ぼくらは営々と生を紡いでゆけるのである。

標高約二〇〇〇メートル。その頂きに降った雨は、花崗岩の岩肌を滑り落ちながら十数キロの旅をして、下流にたどりつく。中流域をもたないこの島の川は、せわしく流れながらも濁ることがない。どこまでも透明なその水は、流れる間に少しずつ森の色に染まるだけだ。流れているときは気づかないが、水がほっとひと息つく淀みには、運ばれてきた森の緑がたまっていく……。エメラルドグリーン。その色あいは人の心に深い安らぎを与える。

川が、森と海とをつないでいるということ。そのつながりの中で、ぼくらもまた生かされているということ。その安堵感がぼくらの心に安らぎをもたらすのだろう。川が地球の血液の流れであるように、ぼくらもまた川の流れを胸に抱いて生きている。

宮之浦川に、古い橋が架かっている。

そこは、ぼくの最も好きな場所のひとつだ。そこに立つと、この島の「水の巡り」がよく見える。顔を上げると、目の前に山があり、そこから水が流れ出てきている。振り返るとそこには海があり、川はその海へと流れてゆく。山から海へ、そして海から空へ、また山へ……。その大いなる水の循環の中でぼくらは生きている。その中で生かされている。橋の上に立っていると、そのことがしっかりと了解されてくる。

島の夏は暑い。子どもたちは直接川に飛び込んで夏を乗り越えてゆくが、大人たちは、夜川岸に出てシャワーを浴びる。山から川沿いに吹きおろしてくる「岳おろし」というシャワーを。それは、山と川からの恵みの風だ。

川岸につくられたボードウォークにすわり、ビールを飲みながらその爽快な岳おろしに全身をさらす。すると、たちどころに昼間の疲れが癒されてゆく。

見上げると、音もなく回転する満天の星。ぼくらの小さな命は、大きな自然に包まれて、赤子のように癒されてゆく。

そうやってベンチに身体をゆだね、岳おろしの風によってすっかりリフレッシュされたぼくらの心は、やがて心地よい眠りにつくのである。

幼いころ、川に小便をすると「チンチンが腫れるぞ」といって怒られた。川には神様が住んでいたからである。今ぼくらはそのことを忘れている。山や川のいたるところに、いろんな神様がいるということを！　そのことを忘れたころから、川は汚れはじめてしまった。

ぼくらが一日に使う水の量は、約二〇〇リットルだという。そのうち、飲み水として使うのは、わずかに一パーセント。残りはすべて、汚れを落とすのに使っているのである。

茶碗や皿を洗い、洋服を洗濯し、風呂場で髪や身体を洗い、トイレを洗浄し、大量の合成洗剤を使って、ぼくらが綺麗になればなるほど、川や海は汚れていくのである。

自然が本来の輝きを失うとき、ぼくらの心もまた輝きを失ってしまう。

いつまでぼくらは、心の輝きを失わないで生きてゆけるのだろうか。

この川のほとりで……。

かつて「屋久島を守る会」いう団体があった。一九七二年に結成され、「子孫に残そう屋久島の原生林」を合言葉に、「即時全面伐採禁止」というラディカルな旗印を掲げて、国有林行政と真っ向勝負をしていた。その屋久島を守る会が、当初から展開していたのが、「合成洗剤をやめてせっけんを使おう」という運動であった。

それは、今から三〇年以上も前の話なのであるが、すでに「水」がこの島の重要なキーワードであることを深く認識していたのだから、驚かされる。

以来、ぼくも合成洗剤をやめ、せっけんを使いつづけているのであるが、あれからもうずいぶん永い歳月が流れたのに、事態がよくなるどころか、ますます悪化してしまっていることに虚しさともどかしさを感じている。

その後「屋久島を守る会」から町議会へと打って出た兵頭昌明は、行政当局に「合成洗剤不使用宣言の町」というものを宣言したらどうかと提案した。

役場や、あるいは町の関連施設で率先して合成洗剤を使わないようにし、そして最終的には屋久島全体で合成洗剤を使わないようにしたらどうかと、働きかけたのだった。

だが当時、その提案は無視され、実現されることはなかった。行政に携わる人々も、そして町民も、その提案の意味するところが理解できなかったのだろう。

だが今でも「水」はこの島の宝だし、これからもそうであることに変わりはない。


水が水としてありつづけるためには、山が山としてありつづけなければならないし、川が川として、海が海として、そして空が空としてありつづけなければならない。それぞれが本来の姿を留めていない限り、水もまた本来の輝きを保てないのである。

だからこそ、水はこの島の宝であり、命なのである。

遅すぎることはない。願わくば、この島の行政もそして町民も一体となって、「合成洗剤不使用宣言の島」の幟を立てられないものかと思う。

縦糸と横糸

ぼくは、宮之浦という村で生まれ育った。なぜ「宮之浦」というのかといえば、一〇世紀初頭、すでに有力神社として位置づけられていた「益救《やく》神社」（別名、救いの宮）があったからである。益救神社の祭神は「山幸彦」で、標高約二〇〇〇メートルの宮之浦岳がその奥の院である。冬場は深い雪に覆われるその頂きに、山幸彦は「一品宝珠大権現」として祭られている。かつて春秋二回、毎年行われていた「岳参り」は、畏敬の地への無病息災と豊作祈願の参詣であった。

その聖なる頂きと益救神社を、宮之浦川が長さ十数キロの糸で結び、その河口のほんのわずかな平坦地に、ぼくらは住まわせてもらっているのである。

それがぼくの縦糸。

島の大きな河川沿いにある集落（永田・一湊・宮之浦・安房・栗生など）は、どういうわけか、どの集落もまず「左岸」からひらけ、「右岸」を「川向え」と呼んでいる。ぼくの住む宮之浦の場合、左岸にある脇町・仲町・上浜・下浜という四つの集落が古くからの町並みである。

その一番山手の「脇町」で、一九五一年ぼくは生まれた。その年は、サンフランシスコ講和条約と日米安保条約がワンセットで締結され、日本が形のうえでは「独立国家」となった年であったが、屋久島より南の島々はまだアメリカの施政権下に置かれていた。つまりぼくが生まれたとき、屋久島は日本最南端の島、「国境の島」なのであった。

当時、ぼくの村にはまだ電気がなく（翌一九五二年に「宮之浦発電所」が落成し各戸に配電を開始。だが一家＝一灯に限られ、しかもローソクのような頼りない電灯だったので、ローソク発電とも呼ばれたという）、小学生の低学年のころまで、ランプのホヤ磨きがぼくの日課であった。油が切れると、一升瓶を持って石油屋までよく買いに行かされたものである。

ランプの下はほの暗く、幼いころのぼくには「夜の記憶」というものがほとんどない。それはたぶん、暗いのが怖くて早々に寝てしまったからに違いない。でも今思うと、それはいい過ごし方だったのかもしれない。そもそも人間は夜行性ではないし、昼間活発に動き回って夜はぐっすりと寝たほうがいいのである。夜とは本来暗いものであるし、暗いからこそ星々は美しく輝くのだから。

そんなぼくの集落に残っている伝統行事の中で、これからもずっと大切に守りつづけてほしいものがある。それは「年の神様」である。

年の神様は、大晦日の夜、お岳から鳴り物入りでやってくる。一年間の総決算として、良い子には一つ「歳」をくれるが、悪い子は縛って山へ連れていくという、恐ろしい神様である。かつて幼いぼくも恐怖に震え上がったものであるが、今の子どもたちにとってもその威力は絶大である。「恐ろしいものが存在する」ということ、それはとても大事なことだと思う。そうでなければ、人間というやつはすぐに図に乗ってしまい、愚かなことを仕出かしてしまう生き物なのだから……。

それがぼくの横糸。

この島にはいろんな宝物があるが、なかでも最も重要なものは、「ゆったりとした時間の流れ」だと、ぼくは思っている。それは縦糸と横糸が織り成す時空の織物。まさにそれこそが、これからもますます重要なものになっていくに違いない！

振り返ってみれば、そのゆったりとした時の流れの中でぼくは生かされてきた。一日中、川で遊び、海で遊び、原っぱで遊び、木に登って遊び……、そうやって毎日毎日よく遊ぶことで、ぼくはこの島のゆったりとした時間を、身体と心の奥深くで呼吸しつづけてきた。

しかし、そのゆったりとした時間の流れは、とても大きなものに支えられて存在している。それは、山が山として、川が川として、海が海として、空が空として、「本来の輝き」を保ちつづけていなければ、次第に失われていくものなのである。そして、人間が利便さと効率を追求すればするほど、加速度的に失われていくものなのである。

ぼくらは今、どこへ行くのかもわからぬままに、猛烈なスピードで走りつづけている。そんな今だからこそ、来し方を振り返ってみる必要があるのだと思う。過去に盲目であれば、未来に対しても盲目になってしまうのだから。

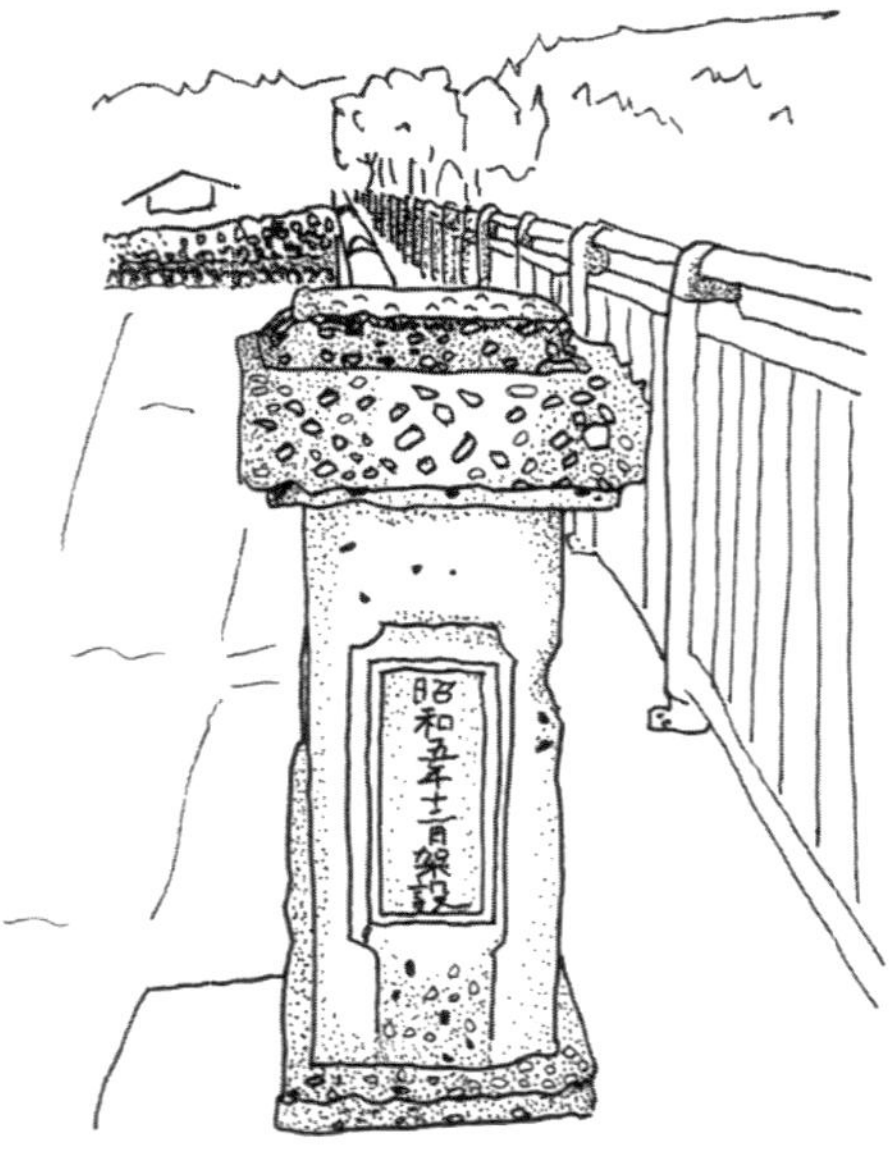

無念の二人

今やすっかり屋久島のシンボルとなってしまった「縄文杉」。その縄文杉が発見されたのは、昭和四一年（一九六六）五月のことであったが、じつはその時発見されたのは縄文杉ではなかった。屋久島最古最大のその杉は、発見者によって「大岩杉」と命名されたからである。

発見者は、岩川貞次さん。明治三七年（一九〇四）、宮之浦に生まれた貞次さんは、「ハッジョヤマには一三人で抱えるような太か杉がある」という古き「言い伝え」を信じて、暇をみては探し回っていたのである。

そして見当をつけてから七年後、六二歳のとき、貞次さんはめざす杉にたどりついた。「大きな岩のように見えた」ので「大岩杉」と名づけたが、やがて新聞紙上で大きく報道されたときには「縄文杉」という名前に変えられてしまった。それはまさに、不意打ちであり、貞次さんは無念の涙を流した。

一方、現在「竜王の滝」と呼ばれている滝がある。宮之浦川の上流にあるその滝は、奥深い谷間にあるため、なかなか人を寄せ付けず、ようやく昭和四〇年（一九六五）になって鹿児島大学山岳部によって初遡行され、その全容が明らかにされた。その報告書によって「竜王の滝」という呼称で世に知られるようになったが、じつは島の人にとって、その滝はすでに「喜三《きぞ》の滝《たき》」という名で呼ばれていたのであった。

というのは、明治三七年（一九〇四）、宮之浦に生まれた藤村喜三さんが、昭和六年（一九三一）には、その滝に到達していたからである。そのときの感動を喜三さんは、息子たちに語っている。「順風丸が浮くくらいの淵を見つけた！」と。順風丸とは当時屋久島—鹿児島間に就航していた貨物船（約五〇トン）のことである。

そのころ営林署の測量業務に従事していた喜三さんは、一週間以上も山に泊まり込みながら歩き回り、どんな山奥も「自分の庭」みたいに知りつくしていた。どこに泊まれる岩屋があるのか、どこにどんな植物があるのか、じつに詳しかったという。

喜三さんは、日中戦争で負傷して帰国後、役場に就職。やがて収入役を最後に引退したが、その後も精力的に山に登り、八〇歳を過ぎても一人で楠川のローソク山までメジロ取りに出かけるほど達者だったという。

喜三さんは、「山で粗末なことをしてはならない」と、いつもいっていた。「山には神様がいるのだから！」と。

山に入るとき、喜三さんは、米と塩を必ず持っていった。そして山に泊まることになったときは、その山を「ひと晩貸してください」と、まず「願」をかけてから泊まったという。そうしないと、嵐みたいなものがひと晩中吹き荒れて、眠れなかったという。

またたとえば、道しるべにするのに木の枝を折るときにも、黙って枝を折ったり、ナタを入れたりすると祟る木があるので、「ひと枝折らせてください」といって、お願いしてから折っていたという。

貞次さんと喜三さんは、同じ役場で働き、共に同時代を生きた。貞次さんは島の民謡や民話の「語り部」であったが、山のことに関しては喜三さんのほうが一枚上手であった。良きライバルであった二人には、こんなエピソードが残っている。

ある日、二人で山に泊まったときのこと。

貞次さん曰く。

「夕べは、一晩中物音がして眠れんかったよ」と。それを聞いた喜三さん、

「わぁ、何ちゅうて、お願いしたとか」

「今夜ひと晩、ここを一坪貸してください、ちゅうて頼んだ」

「ひと坪？　そいじゃ物音がして眠れんかったはっじゃ。おいは、『一町歩』貸してくえちゅうて頼んだかぁ、ぐっすい安眠したが。ワッハッハ」

喜三さんの豪快な笑い声が聞こえてくるようである。

貞次さんは昭和六二年（一九八七）、八三歳でこの世を去り、喜三さんは平成二年（一九九〇）、八六歳でその生涯を終えた。

同じ年に同じ村に生まれ、そして屋久島をこよなく愛した二人のことを、この地に生きる者としては、折りに触れ語り継いでいきたいと思う。

流木を集め真冬の風呂を焚く

大雨、洪水、暴風、波浪、高潮警報……。お盆を過ぎると、とたんに各種「警報」が、まるで達磨落としの駒のように積み重なって発令される。

台風の襲来だ。

空が荒れ狂い、海が荒れ狂い、そして山が荒れ狂い、川が荒れ狂う！　自然の猛威を、人はただ黙って受け入れるしかない。

そんな年中行事のごとき台風が去ると、山から大量に流れ出した木が、海辺に打ち寄せられる。その流木のことを、島では「寄り木」（ヨイキまたはヨリキ）と呼んでいる。

その寄り木を、島人たちは燃料として利用してきた。風呂や竈で、薪として使ってきたのである。だからかつては、その寄り木取りは、まさに「争奪戦」であった。

風がおさまるやいなや、人々はどっと海辺へ繰りだす。一輪車で運ぶ人、背負子で運ぶ人、軽トラックで運ぶ人……。一年分の薪を集めてしまう人もいる。

遅れをとると、もう良いものはほとんど残っていない。そして、残された大きな寄り木には、すでにどれも「石」が乗せられている。直径二〇センチほどの石を乗せられた木は、その石を乗せた人のものなので、誰も手をつけられないのである。

そういう争奪戦にかけては、ぼくの父もなかなかのものだった。「油断も隙もなか！」というのが父の口癖だったが、「油断も隙もなかとは、アンタでしょう！」とつっ込みたくなるほど、父はいつもすばしこかった。

手漕ぎの伝馬船をもっていた父は、夜が明ける前に、ぼくを叩き起こした。まだ荒々しい流れの川へ船を漕ぎ出して、途中の淀みにたまった流木を、海に流れ出る前に取ろうというのである。

秋のはじめとはいえ水は冷たく、まだ茶色に濁っていた。その川に飛び込み、腰まで水に浸かって寄り木を集めさせられたものである。

そんなにまでして競い合って寄り木を集めていたのに、最近はどの家も灯油や重油、あるいはガス風呂になってしまい、薪で風呂を焚く家はめっきり少なくなってしまった。おかげで寄り木取りは楽チンになったが、なんだか少し寂しくもある。

加えて喫煙と同じく、火を焚く行為もだんだん肩身が狭くなってきた。そのうち、法律で禁じられるようになるのかもしれない。だがそれでもぼくは、死ぬまで火を焚きつづけようと思っている。

火を焚くことによって人間になったヒトが、今やまったく火を焚かなくなってしまった日常を過ごしていることが、ぼくにはとても悲しむべきことに思えるからである。

今は亡き山尾三省と話したことがあった。

「石油ストーブと薪と、どっちが暖かいだろうか？」と。

もちろん答えは、「薪」である。

薪は、取ってきてすぐに、マッチ一本で、暖を取ることができる。だが、灯油はそうはいかない。金さえ出せばすぐ手に入るではないか、という人がいるかもしれない。だが、灯油が灯油となるためには、厖大な「労力」と「時間」の投資が不可欠だ。
利便さを追い求める現代文明は、まるで砂上の楼閣のように、莫大なエネルギーの浪費の上に胡坐をかいているのである。

冬、北西の風が強くなると、海は大荒れとなり、定期船もしばしば欠航する。そんなとき、しみじみと「離島」であることを思い知らされる。

人は、独りでは生きてはいけないということを……。

誰もいない海辺を何度も往復し、集めた寄り木を持ち帰り、風呂を焚く。赤々と燃える炎を見つめていると、人はなぜか沈黙してしまう。そして、その沈黙の中で気づかされる。つつましく生きることが、人の務めなのだということに。心に小さな火を点しながら、他人を思いやって生きることが、大切なのだということに、静かに気づかされるのである。

縄文人の末裔

「ゆったりとした時間の流れ」こそが、屋久島のもつ重要な価値のひとつだと思っているのに、この島の土着の人たちは、せっかちだ。なぜ、いつもそんなにせかせかとしているのだろうか？

それはたぶん、「縄文人の末裔」だからである。

すぐ隣にある島、種子島に何度か通っているうちに、そのことに気づいた。一番高い所で標高三〇〇メートルほどしかない種子島は、山の上まで耕作地が広がっている。茶碗の縁ほどの沿岸部で暮らしている屋久島にくらべると、「大陸」だ。広々とした大地をもつその島は、早くから「弥生時代」に突入した。豊かな大地は、余剰生産物を生み出し、やがて「殿様」を生み出し、中世には屋久島をその支配下に置いた。

ところが屋久島は、いつまでたっても「縄文時代」から抜け出せなかった。いや、抜け出せなかったというよりは、抜け出さなかったといったほうがいいのかもしれない。緑したたる山と、青く輝く海。豊かな自然環境に恵まれ、「縄文人」として生きながらえることができたからである。自然とのつきあい方のルールを確立しておきさえすれば、何も好きこのんで、弥生時代に突入する必要はなかったのである。

種子島の人と屋久島の人では、何が違うといって、そのしゃべり口がまるで違う。種子島の人は、なんとも悠長だ。ゆったりと歌うように話す。それにくらべ屋久島の人は、早口でかつせわしい。それもまた、縄文人の末裔としての証しである。長い間狩猟採集人として生きてきた結果、そんなにせわしい語り口になったのである。なぜなら、のんびりと悠長にしゃべっていたのでは、獲物を取り逃がしてしまうからである。

だが、自然とうまくつき合っていくためには、ルールが必要である。江戸時代の島の暮らしぶりを記した楠川区有文書によると、「最近山稼ぎ人が増え、山が荒れてきたので入山を制限しなければならない」とか、「みんな飛魚獲りにいってしまい、山稼ぎ人が少なくなり困っている」というようなくだりがある。まさに縄文人の末裔としての面目躍如たるものがあるが、そんな行きすぎた行動を戒めながら、人々は暮らしを模索してきたのである。逃げ場のない島という環境の中で、どうすれば永続的な暮らしを樹立できるのかということを。

屋久島の伝統文化をつぶさに見ていくと、「太陰暦」に基づく行事の多さに驚く。たとえば、山の神様に畏敬の念を顕す「山ん神祀り」は、旧暦の正月、五月、九月の一六日。お月様に豊穣と平穏を祈る「二十三夜様」は、旧暦二三日の深夜に行われている。泊如竹《とまりじょちく》の命日に奉納する如竹踊りや尾之間の棒踊りなど、多くの伝統行事も然り。

ひと月に二回巡ってくる大潮時の磯モン採りなど、月の満ち欠けと人々の暮らしが今なおシンクロしあっているのを見るとき、やはりこの島はまだ、「縄文文化」の域を出ていないと実感する。もちろんそれは、縄文文化が弥生文化に対して劣っているという意味ではない。ぼくらの先人たちが築き上げてきた縄文文化が、数千年もの長い間、自然とうまくつきあってきたということを評価しての話である。この島の人たちは、長い間自然からたくさんの恵みをいただきつづけてきたのである。

それは、世界自然遺産に登録された今も変わらない。「観光業」もまた、縄文文化の延長線上にある。なぜなら、それは決して新たなるものを生み出すわけでもないし、新たな価値を付加できるものでもない。ひたすら自然に食わせてもらうだけの、あり方にすぎないからである。

年間一万ミリを超える雨。夏の台風、冬の雪。厳しい気象条件の中で育まれた屋久島の自然は、多様で豊かだが、じつは非常にデリケートな存在でもある。細心の注意を払いつづけなければ、あっという間に壊れ去ってしまう。いかに自然を保全しながら、いかに末永く食べさせてもらうか。

縄文人の末裔であるぼくらが、今後この島で観光業によって命をながらえていくというのであれば、きちんと身の程をわきまえなければならない。人間という生き物が、自然の中で生かされている存在にすぎないということを、深く肝に銘じて。

山ん学校・川ん学校・海ん学校

「山ん学校・川ん学校・海ん学校」を開校した。一九九六年、夏のことである。

それは、小学五年生から高校生までを対象とした「遊びのプログラム」で、一日目は山で遊び山の中で泊まる。二日目は川で遊び川のそばで泊まる。三日目は海で遊び海の近くで泊まるという、三日間連続のキャンプスクールで、屋久島の根幹をなす「山・川・海」の三位一体的な自然に、どっぷりと身をひたしてみようという試みである。

「山ん学校」というのは、「山の学校」という意味ではない。それはこの島独特の言い回しで、学校をさぼって遊ぶことをいう。かつて悪ガキどもは、学校に行くといって家を出るのだが、あまりにも天気がよかったりすると、ついそのまま山や川へエスケープしてしまうことがあった。今思うと呆れた話であるが、その「山ん学校」でぼくらは、学校では学べない数多くのことを習得したのである。

そんな「山ん学校」みたいなキャンプスクールをやれないだろうか、というのがそもそもの動機であった。自然の中であまり遊ばなくなった子どもたちに、この島の自然を丸かじりさせてやりたい。そんな思いで、一二人の大人たちが集まった。

山ん学校の先生＝渡辺正和・山下大明・牧瀬一郎。

川ん学校の先生＝田代秀人・笠井耕之・笠井廣毅。

海ん学校の先生＝荒田眞和・荒田洋一・武田春隆・川崎俊海。

校長＝兵頭昌明。

小使＝長井三郎。

みんな、「山ん学校」育ちのつわものばかりである。職員会議のたびに、どれだけ一升瓶を空にしたことだろう。島の話し合いは、焼酎の量に比例して、熟成度が増していくのである。

何度も下見をし、計画を練り直し、必要なものを揃え、あとは船出するばかりとなり、ぼくらの心は躍っていた。だがなんと、船は出港する前に座礁してしまった……。

募集チラシをめぐってひと悶着あったうえに、早々にやってきた台風のせいもあって、結局中止せざるをえなくなってしまったのである。出鼻をくじかれ、ぼくらはすっかり意気消沈してしまった。なぜそうなってしまったのか。

それはぼくらが呼びかける「対象」にこだわりすぎたからである。募集対象を限定したことで、移り住んできた人々から差別だと非難され、しこりを残す結果となってしまったのである。だがぼくらはあくまでもこだわりたかっのだ。「この島で生まれ育ったお父さん、お母さん」にこだわり、まずはその子どもたちを人質に取りたかったのである。

世界遺産登録をきっかけに、さまざまなことが急速に変貌しようとしている今こそ、この島で生まれ育った大人たちに行動をおこしてほしいと思ったのである。外部からの思惑や圧力によってこの島の未来が塗り替えられようとしている今こそ、この島で生きつづけてきた「地の者」としての発言や自己表現が、何よりもまず必要なんだと思ったからである。津波のごとく押し寄せてくる観光化の大波に、何もかも呑みこまれてしまう前に……。

そんなことを思う背景には、この島で生まれ育った者たちへの腹立ちもあった(もちろん自分自身も含めて)。島で生まれ育ったというだけで「島のことはすべて知っている」と錯覚し、うぬぼれの座布団の上であぐらをかいているような、そんな島人の日常をなんとも歯がゆく思っていたからである。

このままでいいのか？　問うことも希求することもなく、志はどこかに置き去りにしたまま、無為に流されていくだけで……。

そんな思いから、ぼくらはこだわったのであった。内なる不甲斐なさに憤りながら。

本当に、ぼくらは今もっと怒るべきなのだ。たとえば「環境文化村」という、耳に心地よいネーミングで屋久島の観光開発を進める鹿児島県の看板文句である「自然との共生」などというい方に。

冗談ではない、自然との共生などというものは、そんな軽々しいものではない。この地に生きる人たちが、永続的なあり方を希求し、そして樹立せんとして必死にもがきながら自らを律しつつ、日々の暮らしを積み重ねていく中で、はじめて唱えることのできる言葉なのだ！

最初の一歩で躓いたぼくらは、じっくりと考えた末、気長にやることにした。ゆったりとした時間の流れがこの島のいのちだし、ゆっくりと呼吸しながら生きていくことが、ぼくらをぼくらたらしめているあり方だと気がついたから。

急いではいけない。焦ってしまっては海の向こうの術中にはまってしまう。じっくりと仕込み、じっくりと熟成するのを待つしかないのだ。

「愚公山を移す」。この島のゆったりとした時間の流れに身をゆだね、粘り強くやりつづけていくしかないのだと。

宮之浦川に古い橋が架かっている。その橋の上に立てば、背後には山がそびえ、目の前には海が広がっている。泰然自若の山はぼくらの過去であり、千変万化する海はぼくらの未来である。その山から海へと流れだす川が、ぼくらの現在なのかもしれない。この島の未来図は、この島に暮らす、ぼくら自身で描かなければならない。

その古い橋の上で、翌年「山ん学校・川ん学校・海ん学校」の開校式を行った（大いなる水の巡りを望むことのできるその古い橋の上が、以後「山ん学校」の開校式の場所として定着することになる）。山ではみんなで山小屋に泊まり、川ではブルーシートでこしらえた思い思いのテントで過ごし、海ではテントも張らずにシュラフひとつで満点の星空の下で眠った。自然の懐の中でたっぷり一緒に遊んだ三日間。果たして子どもたちの中に、どんな種子が宿ったのだろうか……。

二一世紀になり、「山ん学校・川ん学校・海ん学校」は、「山ん学校21」と名称を変更。三日間連続のキャンプから、一年を通して行うプログラムへと切り替えた。三日間では物足りなくなったのである。

開校式では、まずナイフの使い方や火の熾し方を学ぶこととした。刃物を道具として使いこなすこと、そして流木を集めて火を熾し、飯の煮炊きができるようになること、それらが「山ん学校」の基本メニューとなった。

そして今では年間約六回の活動を展開している。たとえば、海水を煮詰めて塩を作ったり、活火山のある口永良部島でキャンプをしたり、自然薯（山芋）を掘って調理したり、雪深い奥岳に登ったり……。一年間のプログラムを終えたとき、どことなくたくましくなった子どもたちの顔を見るのが、ぼくらの新たな楽しみのひとつとなった。

ところで「山ん学校」は、あくまでも子どもたちのための活動なのだが、実のところは子どもたちにかこつけて大人たちが堂々と遊ぶためのプログラムなのかもしれないと思うときがある。それほど、スタッフたちが楽しんでいるのである。

だが考えてみれば、大人たちにはそういう策略も必要なのかもしれない。遊びたいと思ってもそんな暇などないし、時間がとれたとしても過労状態で動く気力もない。「遊びをせんとや」生まれてきたはずなのに、なんとも大人とは悲しい存在である……。そこへいくと、この「山ん学校」というのには立派な大義名分がある。「子どものために」やっているといえば世間もきちんと評価してくれるし、夜集まって飲むのにも「職員会議に行ってくるよ」といえば、カミさんだって嫌な顔はしないのだから。

もちろん二〇人もの子どもを預からせてもらっているのだから、細心の注意は欠かせない。だが、あまりむきになりすぎるのも考えものである。

こんな話を聞いたことがある。ある学校の先生が子どもたちに昔の遊びを教えようと思い、

「さあ今日はみんなで遊ぼう」と必死に指導した。やがて終了のチャイムが鳴ったとたん、子どもたちは言った。「先生、もう遊んでいいですか」と。

これは単なる滑稽話ではない。必死になりすぎて、かまいすぎたり教えすぎたりしてはいけないのである。

たぶん「山ん学校」をころがしていく原動力は、「遊び心」なのだろう。しなやかで、臨機応変、まるで子どものような……。だが、その点に関しては何の心配もいらないだろう。「山ん学校」というネーミングからしてそうだし、スタッフ一人ひとりにつけられた変てこなあだ名からしても、遊び心満載なのだから。

兵頭昌明は、普段の呼び名マーちゃんとあきんどを組み合わせて「マーチャント・マサハル」。かつて「チンチン・ラッセルマン」との異名をとった荒田洋一は、毎晩酔っ払っているので「ヨナヨナ・ヨウチャン」。田代秀人は、その秘められた失敗談から「ウィスパー・ヒデト」。渡辺正和は、パワフルな山男にして禁断の四文字言葉使いの達人なので「オマンティ・マッカズ」。自称屋久島変態クラブ会長の荒田眞和は、いかにも網タイツと深紅の薔薇が似合いそうな「ベンジャミン・アラタ」。川崎俊海は、本人のたっての希望を入れて「トミーと呼んで」。だが誰もそうは呼ばなくて今は「ギブスマン・トシミ」。写真家山下大明は「写ルンデス・ヤマシタ」。瞬間湯沸かし器系列熱血激情自爆タイプの笠井耕之は、「クドクター・コウユキ」。武田春隆は、動き出しの速さと精力絶倫ぶりから「暴れん坊将軍・ハッタカ」。狩人である牧瀬一郎は、その語り口の巧みさから「語り部・イッチャン」。そして一番若い笠井廣毅は、博士課程猛勉強中なので「マスター・ヒロキ」。というのは白紙仮定の話で、本当は疲れ知らずのゴッドハンドを日夜フル稼働させていたことからついたもの〈後略〉。小使（今は用務員と呼び、小使という言葉は使ってはいけないそうであるが、あえてそう呼んでいる）のぼくは、「デーナ・サブ」。どんな意味なのか本人にはよくわからないが、たぶん「よく気が利くいい男」ということだろうか……。

かつては紅顔の美少年（？）だったぼくらも、今や厚顔のオジサンになってしまった。そろそろ次世代を担う子どもたちのために、何かしなくてはいけない年代になってしまったのである。

一度きりの人生。ただ自分のためにだけ生きるのでは寂しすぎる。せめて何か世のため、人のためになるようなことがしたい。たいしたことはできないかもしれないが、せめてもの罪滅ぼしに……。なぜならぼくらは、あれだけ素晴らしかったこの島の自然環境を、こんなにも駄目にしてしまった時代の「共犯者」なのだから……。

そんな思いで取り組んできた「山ん学校」に、若いスタッフが新加入した。フミト、ジロウ、ヒデ、ユウジ、シンジ、カズキ、タダシ、タイチ、カヅキ。なんとスタッフが総勢二〇人を越えてしまった。

「山ん学校」というキャンプスクールは、まるっきりボランティアである。というよりも、身銭を切って活動することが多い、赤字団体である。よくぞ、そんな山ん学校に、飛び込んできてくれたものである。

ありがとう。絶対、逃がさないからね。さぁ明日はきっといい天気だ。みんなで「山ん学校」しようね。

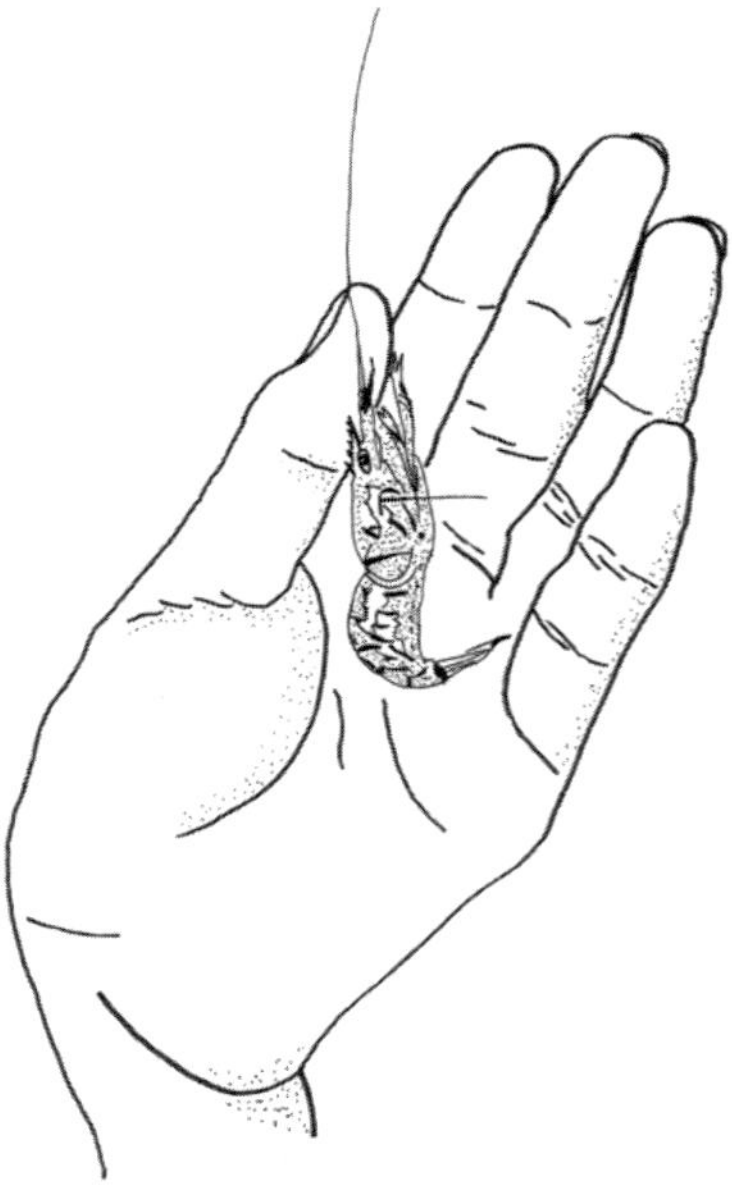

歩いてみよや屋久島一周

一九九七年（平成九年）一月一日午後零時、「歩いてみよや！　屋久島一周」がスタートした。元日早々、一〇〇キロ近い道のりを寝ないで歩き通してみようという無謀な試みに、いったい何人集まるのか、はなはだ気がかりであった。「話」の段階では大いに乗り気だった人たちが、はたして実際に参加してくれるかどうか、心もとなかったからである。

だが世の中には物好きな連中もいたもので、蓋を開けてみると、なんと予想を上回り二七人もの参加者が集まった。男性二一人、女性六人。一七歳から六二歳まで、幅広い年齢層が集結した。島外からも九人参加。内七人は、たまたま民宿に居合わせたお客さんたちであったが、姫路の梅田さんと東京の前田さんは、わざわざこのために駆けつけてきてくれたのだった。

屋久島一周を歩き通してみたいと思ったのは、登山家の戸高雅史さんと出会い、「一〇〇キロウォーク」の話を伺ってからである。一〇〇キロウォークというのは、かつて戸高さんが大分県の高校生たちに仕掛けたプログラムで、昨年の第一一回大会では、なんと二七六名の参加があったという（うち完歩者一二九名）。

一〇〇キロというとんでもない距離をただひたすら歩く。その単純な行為の中で、何が見えてくるのだろう？

肉体的、精神的限界の中で、何を思い何を考えるのだろうか？

話を聞いているうちに、歩いてみたいと思った。

おあつらえむきに、屋久島一周は約一〇〇キロときている。加えて、四〇代半ばになってアチコチ故障箇所が出はじめた自分に、いったいどれだけの体力や気力が残っているのか、それも確認したい。

そんなことを思いはじめてから一年後のある晩。飲ん方が宴たけなわになったころ友人たちにもちかけると、即座に「やろう！」ということになった。ほどよく理性を失っていると、話が早い！（というか、何かを企ててみんなを乗せるには、一席設けてアルコールがある程度沁み込んだところで話をもち出すに限る）。


さっそく呼びかけ文を作り、趣旨を確認する。そして「左回り」で回ることに決める。なぜ左回りなのか。

それには二つの思いがあった。ひとつは夜の西部林道を歩いてみたかったからである。

西部林道は、国立公園内を通る緑の回廊ともいうべき道で、世界遺産登録地でもある。だが鹿児島県は目下、そこに大型バスを走らせようと、拡幅工事を目論んでいる！　その拡幅工事を阻止するためにも、まずは自分の足で歩いてみたかったのである。二十数キロ間まったく人家が存在せず、人工の明かりの何もない真っ暗闇の中を歩くことによって、その森の中の道の醸し出す世界を、肌で感じてみたかったのである。

もうひとつの理由は、「反時計回り」ということにこだわりたかったからである。かつてこの島で行われていたシママワリや他の地で行われている巡礼などは、なぜか右回りが原則のようであるが、あえて時計回りとは逆に回ってみたいと思ったのである。どこへ行くのかもわからぬまころがりつづける、現代という時間の流れに抗して歩いてみたい。車社会の中で、まさに「歩く」という行為がすでにそうであるように、「反」ということに意味があると思ったからである。

そしていよいよ当日。幸いなことに、雨の予報ははずれ、まずまずの曇り空。円陣を組み、握りこぶしを空高く突き上げ、大声で「エイエイオー」と鬨の声を上げ出発。まるで遠足気分。だが、天気が良かったのは二〇キロ地点の永田まで。陽が暮れたとたん、天候は急変。雷鳴がとどろき、そし豪雨。道は川となり、靴の中までぐっしょり。やがて雨は収まったものの夜中には冷気が襲いかかり、翌日にはまるで台風なみの突風が吹きまくり（最大瞬間風速二〇・二メートル）、海も大時化で全便欠航となる最悪の天気となった。

そんな悪条件の中、予想通り西部林道は前半最大の難所となった。登り三里下り三里といわれるその道のピークは標高二八〇メートル。気の遠くなるような登りの連続に誰もが気力と体力を奪い取られ、約五〇キロ地点で大半が脱落するという、過酷な展開となった。

結局完歩できたのは二七人中わずかに五人であった。敬意を表してその五人の名前とタイムを掲げておこう。

①寺田賢志（四二歳）二二時間四〇分　②長井三郎（四五歳）二四時間二二分　③前田和宏（三一歳）二六時間四五分　④山下大明（四一歳）二九時間三〇分　⑤成田博幸（二四歳）三三時間四六分

サッカーで鍛え、フルマラソンをこなすバリバリの二〇代三〇代の若者たちがすべてリタイヤし、島人の中で歩き通した者は、なんと四〇代の三人のみであった（恐るべし中年！）。

振り返ってみると、「歩いてみよや！　屋久島一周」というプログラムは、過酷ではあるがじつにおもしろいものだった。ただ単に「歩く」というだけの単純な行為なのに、とても奥が深く、参加した一人ひとりの心の中に、それぞれのドラマが生まれた。

時速七キロというハイペースで飛ばし、牽引役を務めた六二歳の梅田さん。約七五キロ地点で無念のダウン。焼酎川よりバスに乗る。帰宅後、ファックスが入る。「伊丹空港には、身体障害者となった父を迎えに娘が来てくれていました。昨日の父と息子もよかったが、優しい娘もいいものです。すばらしい正月をありがとう！」と。

大会の前日、二泊三日の縦走を終え、屋久杉ランドから徒歩で下山し、そのまま参加した前田さん。弱音ひとつ吐かず完歩したが「本当に過酷であった。身を切る寒さに震え、ボロボロの足でふんばり、痛みを無視し、気力をふりしぼり、一歩また一歩、足が折れようがちぎれようがゴールに着くんだという強い気持ちで歩いた」と、ゴール直後、本音を吐露した。

三三時間四六分という気の遠くなるような時間をかけて歩き通し「もうだめだと何度も思ったけど、それでも成せばなるんですね。いい財産になりました」と語ってくれた博幸君。

マメの痛さに耐えきれず、靴を脱ぎ捨て裸足で歩き出した広島の松田さん。その姿に感動し、一度リタイヤしたのに一緒について歩いた船乗りの成田さん。

思わずキレそうになって大声で笑いはじめたアサカ。

終わってから「自分は何を目標として生きているのだろう」と自らに問いかけたオウミちゃん。もうすぐ産まれてくる赤ちゃんの誕生記念に歩き通すんだと、ニコニコ笑顔で語ってくれたタカノリ君。

一月二日の自分の誕生日に「ゴール」をプレゼントしたかったユウキさん。

歩き通せなかった不甲斐なさに、地団太を踏んで悔しがった呼びかけ人の一人であるコウユキ。そして、年末に体調を崩し、気乗りしないまま参加して結局大川の滝手前でダウン。リタイヤした時点ではそこまで歩けた自分を褒めてあげたいと思っていたが、翌日歩き通した人を見てメチャクチャ自分が情けなくなり「針のむしろ」と題するレポート（ノート九枚にびっしりとつづってあった）をもってきたヒロキ。来年は拍手を贈る側ではなく、拍手を受ける者として自分がそこにいることを祈りながら書いたという。

どうやらこの調子だと、来年まちがいなく第二回目が実行されそうな雰囲気である。もしそうなるのなら、今回の貴重な体験を生かしてより素晴らしいプログラムにしたいと思う。そして一人でも多くの人が、今回歩き通した人が口をそろえて「今までいくつか賞状をもらったけど、こんなうれしい賞状はない」といった「完歩賞」を手にしてほしいと思う。

完歩賞
あなたは幾度となく囁きかけてくる
「もうだめだ」という声に打ち負かされることなく、
ボロボロになりながらも

屋久島一周という遠き道のりを歩き通しました。
そんなあなたに、惜しみなき称賛と心からの拍手をおくります。
「歩いてみよや屋久島一周」参加者・支援者一同

〈追記〉
それから一〇年、なんと「歩いてみよや屋久島一周」は一〇回も続いてしまった。思い返せば、その催しはただ自分が歩いてみたいがために数人の仲間たちに呼びかけて始めたものだった。約一〇〇キロの道のりを反時計回りで歩き通してみたい、人工の明かりの何もない夜の西部林道を歩いてみたい。理由は単純だったし、そのとき僕は四五歳だったから、一回こっきりのつもりだった。

ところがなんと、一〇年間もやりつづけることになったのは、ただ歩くという単純で誰にでもできる行為が、じつはとてつもなく奥深いものだったからである。

科学的にはまだ証明されていないが、どうやら一昼夜寝ないで歩きつづけていると、「アナドレンン」という脳内分泌液が大量に分泌され、やがて「アルクハイマー症候群」という恍惚とした状態に陥ってしまうらしい……。

初回の参加者は二七名だった。それから一〇年たった今年、一〇二名が参加し、完歩者八二名。最終回だったせいもあるのだろうが、例年ならリタイヤする時間帯である「三〇時間台」に突入しても、まだ三五名の人たちが歩きつづけ、最終ゴール者は、なんと五〇時間！　島の小学五年生の少年、寺田潮君が父親と二人で歩き通し、最終章に花を添えた。

それにしても、今回は長丁場だった。関東からやってきたリピーター三名が、本番ではサポーターをしたいと一二月二九日には歩きはじめたからである。その人たちを送迎し、それから大晦日の前夜祭では、ポパイに八十数名が結集して気炎を上げた。そして益救神社で新年を迎え、安全祈願。元日の朝会場設営をし、正午スタート。

送り出した後、メッセージボードの取り付けに走る。受け入れの準備を整え、少しでも歩きたかったのでカミさんと宮之浦―安房間を歩く。夜中、屋久島警察署から苦情の電話が入り、ター君と栗生まで車を走らせる。眠い……。早朝六時三五分には、一番目の人がゴール。次々とゴールする人の賞状を書き、足型をとる。一月三日、午前〇時、会場である宮之浦公民館を撤収。そして最終組が一月三日、午後〇時一六分にゴール。後片付けをし、その日の夕方は、白浜にて焚き火を囲みながらそれぞれの島一周を語り合う。そして夜にはサポーター隊の打ち上げ。それで終わりかと思ったら、まだ歩いている人がいて、翌一月四日昼、島を二周した平野さん夫婦を出迎えて、ようやく終了……。

まったく個人的なプログラムだったのに、なんとこの一〇年間で、のべ五六六名が参加し、三三六名が完歩した。じつにさまざまなドラマがあった。何度感動の涙を流したことだろう。歩いた人、歩けなかった人、サポートしてくれた方々、本当にありがとう！

「やりつづけていれば、きっと支えてくれる人が現れる」、それが一〇年間やってきたぼくの感想です。

これまでこの催しに参加し、支えてきてくれたみなさん、これからは、それぞれの地で、それぞれの思いを追求してください。それがぼくからのお願いです。

人は、思ったことしかできません。頭の中で想像したことしか実行できないのです。ですから、自らの思いを高く掲げつづけてください。そして、求めつづけてください。

歩きはじめたときは、月がありませんでした。今空には、新月が輝いています。新たな旅が、またはじまります。それぞれの朝をめざして歩きはじめてください。

道は、平坦ではなく、曲がりくねっていればこそ、楽しいのですから！

空即是色色即是空

「空即是色色即是空」

般若心経を唱えているわけではない。今ぼくが飼っている犬の名前である。犬にだって、ちゃんとした姓があってしかるべきだ。空即是色がちゃんとした姓であるかどうかは別として。「空即是色色即是空」は雑種である。屋久島犬と甲斐犬の流れをひいている。ぼくが雑種に惹かれ純血種にまったく興味がないのは、たぶんぼく自身が雑草みたいな存在だからだろう。

一見彼は、狼のような毛並みをしている。黒と茶のぶち模様に身を包み、足の先端部だけが靴下をはいたように白い。映画「ダンス・ウィズ・ウルブス」風にいえば、さしずめ「雷嫌いのホワイトソックス」といったところだろうか。だが何かに名前をつけるチャンスなんて、そうざらにあるわけではない。犬には迷惑な話かもしれないが、ここはひとつわがままを通させてもらうことにして、東洋風の名前でいくことにした。東洋風となると、これはもう「空即是色色即是空」しかないだろう。

だが欠点は、蛇と同じく長すぎること。それで仕方なく、普段は「空《クウ》」と呼んでいる。もちろん飼いはじめたころは、本人にもきちんと名前を覚えてもらおうと思い、いつもフルネームで呼んでいた。

ある日のこと、散歩の途中で見失ったことがあった。人のいない山道だったので、大声を張り上げて「空即是色色即是空！」と何度も叫びまくりながら歩いていたら、道を曲がったとたん見知らぬ人と出くわしてしまった。時あたかもポカポカ陽気の春だったから、たぶん、いやきっと頭がおかしいと思われたに違いない……。

犬と散歩していると、犬と人間とはまったく違う生き物だということに気づく。ぼくが立ち止まりたいときに犬は立ち止まりたくないし、犬が立ち止まりたいときにぼくはちっとも立ち止まりたくなんかない。犬とぼくとでは、興味の対象がまるで違う。たとえば、ぼくがイヌフグリの花に気づいてしゃがみ込み、「どうしてこの花にイヌのフグリなどという変な名前がついているのかっていうとね」と説明しはじめても、彼にはそんなぼくの話など馬耳東風（犬耳東風？）。鼻息も荒々しく草むらに残されたメス犬の匂いを嗅ぎわけるのに夢中になっている。見るとすっかり興奮して、あさましくもダラダラと涎までたらしている。

散歩するとき、犬の最大の関心事はまずマーキング。桜の花が咲こうが散ろうが、そんなことにはまるで興味がないのである。家を出てすぐにシャーッ。ツバメが渡ってこようがこまいが、そんなこともどうでもいいのである。角を曲がったところでシャーッ。自分がいかに大きくたくましい犬であるかを示すために、精一杯脚を上げて、より高くシャーッ。電柱でござる止めてくれるな、シャーッ。なんともはや凄まじい回数である。

その興味の対象も、感じ方も、行動も、そして世界観も、まるで違うヒトとイヌ。そのまったく異質な二種類の生き物が、どうして一緒に散歩することができるのだろうか。考えると不思議な話であるが、それはたぶんヒトとイヌとが「友情関係」にあると思い込んでいるからなのだろう。振り返るともうずいぶん長い付き合いだから、きっとお互い友だち同士だと勘違いしているのかもしれない。そしておそらくその勘違いの度合いは、人間よりも犬のほうがより深いのかもしれない（猫と人間の場合だと、ネコよりもヒトの側がより勘違いしているように見える）。

そしてもうひとつの理由。それは「人間が犬になることができる」からである。犬は人間にはなれない。だが人は、犬になろうと思えば犬になることができるのである。だから人はそのときどきの犬の思いを察知して、立ち止まったり寝転んだり、あるいは並んで走ったり、つまり一緒に散歩することができるのである。

人が自分以外のものになれることを、ヤクシマザルやマウンテンゴリラの研究者である山極寿一は、「没個性能力」と呼んでいる。

没個性能力とは何か？

人間が自分以外の何にでもなることができる能力、あるいは同調できる能力。たとえば、自分以外の人間になって悲しんだり笑ったり、鳥になったり魚になったり風になったり……。そういう能力があるからこそ、人は映画を見たり小説を読んだりして、泣いたり笑ったりできるのである。それはゴリラやサルには見られない、人間だけの特質なのだという。

だが自分と違うものになるには、自分を否定しなければならないわけだから、そのためにはまず自我というものが確立されていなければならない。そうでなければ、自己を否定して違うもの

になった後に、元の自分に戻ることができない！　つまり強烈な自我が確立されているからこそ、人は安心してその自我を開放することができるのである。

しかし「個性的であるがゆえに没個性的である」という人間の特質は、素晴らしい能力であると同時にある危険性を秘めている。それは強烈な個性をもっていればいるほど、没個性的になるということ。換言すれば「洗脳」されやすいということになるからである。

類人猿の世界では、複数の個体が同じ行為を同時に行うことは絶対にありえないという。人間だけが、集団行動や整列行進などの同じ行為を一緒に行うことができるのだそうである。一人ひとりを見れば非常に個性的な人間が、社会の中にあっては埋没し、個性的であればあるほど没個性的になってしまうなんて！

人間がなぜ、いつどうやって、何のためにそんな能力を身につけるようになったのかはよくわからないそうだ。でも人間とは本来そういう「危うい存在」なんだということ！　そのことをしっかりと肝に銘じておかなければ、またもやいとも簡単にみんな同じ方向へ歩かされてしまったり、いつのまにか全体主義体制の中に呑みこまれてしまうことになってしまうのである。

不思議な能力をもつこのホモ・サピエンスという動物は、これからいったいどんな未来へ向かうのだろうか？

突然、クウが走り出した。どうやら近くにサルがいたらしい。めったに鳴かないクウがけたたましく吠えながら林の中へと突進していく。甲高い叫び声があがる。シイノキがざわざわと揺れ、パニック状態に陥ったサルたちが、喚き散らしながら木から木へと跳び移っていく。川沿いの照葉樹林はあっという間にアウトバーンと化し、暴走サルたちはエンジン全開だ。

一〇〇メートルほど追いかけていくと、林が林道に分断されているところに出た。道の両脇に生えていた木の樹冠が、数メートルほど空いている。真下から見上げていると、十数匹のサルたちが、見事な弧を描きながら次々に空中を飛び越えていく。

勝ち目はないのに、それでもクウは執拗に山手の森まで追いかけてゆく。ヤレヤレ、またしばらくはここで彼の帰りを待たなければならない。本当にわがままな犬だ。飼い主に、ちっとも似ていない。

それにしても、かつて人里でサルを見かけることはまずなかった。昭和四〇年代まで、サルは「山の大将」と呼ばれ、彼らの縄張りとヒトの生活空間が接することはなかった。いったいいつのまに、どこで何が狂ってしまったのだろうか。

「サル二万シカ二万ヒト二万」という言葉がある。島に伝わる言葉の中で、ぼくの最も好きなフレーズである。

この島にはかつてサル二万シカ二万ヒト二万が共存する、そんな時代があったのである。そんな世界が確かに存在したのである。もちろんそれは、サルとシカとヒトが、同じ数だけこの島にいたということではない。それは「数」の話ではなく、棲み分けの話なのである。

ほぼ円錐形のこの島の、山の上にシカが棲み、山の中にサルが棲み、そして山の下にヒトが棲み、誰が多すぎるわけでもなく、誰が少なすぎるわけでもなく、それぞれがそれぞれの分を守りながら暮らしていた。

その言葉は、かつて確かに存在したこの島のユートピア時代の表現である。

だがもちろんそんなことは今、「昔話」である。もはやサルもシカも、その名を「有害獣」と変えられ、毎年数百頭が捕殺されている。

ぼくがはじめてサルを見たのは、小学生のときだった。それは、近所に住む猟師の那須さんによって生け捕りされたアンチャンであった（当時山で働く人たちは、サル＝去るという言葉を嫌って、猿のことを「アンチャン」とか「山の大将」とか呼んでいた）。

アンチャンたちは、小さな檻に入れられ、出荷されるのを待っていた。悪ガキだったぼくらは、そのアンチャンがどこへ送られ、どういう運命をたどるかなんて考えもしなかった。はじめて見るサルは珍しく、大人がいなくなると餌をやったり棒でつついたり、火の点いたタバコを与えてみたり、ぼくらは好奇心のおもむくまま、その哀れなアンチャンを終日遊び道具にした。

大人になってからわかったことだが、そのサルは「実験用」に捕獲されたものであった。屋久島における実験用サルの捕獲は、京都大学霊長類研究グループと東京大学実験動物研究会の共同事業として、昭和二八年にスタートした。捕獲されたサルたちは、生きたまま本土へ出荷され、京都大学理学部内に置かれた「実験用サル供給第一次センター」を通じて、全国に供給されたのである。その後その事業はモンキーセンターに引き継がれ、昭和四四年まで続けられた。その間約一〇〇〇頭のサルたちが、屋久島の森で捕獲され出荷されたのである。

数年前、猟師であった笠井兼義さんに、そのころの話を聞いたことがあった。昭和二〇年代、笠井さんはまさにこの島の伝統的な生き方である「山に一〇日、海に一〇日、野に一〇日」の生活をしていた。荒れ地を開墾してはせっせとカライモを作り、手漕ぎの飛び魚船に乗っては栗生の沖まで出かけ、そして残りの日々は猟師として山を駆け巡っていた。笠井さんの狩猟の対象は、イタチやシカ、そしてサルであった。イタチは、ミンクが出回るようになるまでは重宝され、多いときは一シーズンで二〇〇匹は獲ったものだという。

ところで、なぜ屋久島が実験用サルの供給地になったのかというと、サルを生け捕りにする技術が屋久島の猟師に伝わっていたからだという。笠井さんもその技術が評価され、捕獲許可証をもらった一人であった。

昭和二八年の下半期（六カ月間）に、笠井さんが出荷したサルは全部で九頭だった。一頭五〇〇〇円だったという。それらは、武田薬品や大阪大学に供給され、麻疹ウイルスなどの研究に使用された。その他、屋久島から供給されたサルたちは、小児麻痺ウイルスや結核の研究、心理学の実験などに使われ、わが国の実験動物学の研究に、多大な貢献をしてきたのであった。

やがて、一時間近く経って、とぼとぼとクウが帰ってきた。どこも傷ついてはいない。どうやら最悪の事態にはいたらなかったようだ。ホッとして空を見上げると、星の形をしたエゴノキの花が風に揺れている。

森は再び静寂を取りもどしていた。

キラーエイプ

小学生のときだった。朝、庭で小便をしていたら、突然目の前の生け垣を突き破って大きな生き物が飛び込んできた。一瞬何がおきたのかよくわからなかったが、すぐにけたたましく吠えながら犬がやってきたので、シカが追われていたのだ、ということに気がついた。

そのとき、生まれてはじめて野生のシカを見たのであるが、見事なジャンプで方向転換をしたと思ったらアッという間に視界から消えてしまった。その躍動感に満ちた姿は、今も鮮やかにぼくの脳裏に刻まれている。そして憶えてなんかいなくていいのに、そのときパジャマに飛び散った小便のひんやりとした感覚もついでに……。

パンツを履きかえながら父に尋ねると、「山の雪が深くなったから下りてきたんじゃろう」という。雪で山を追われ、里で犬に追われ、かわいそうにそのシカは結局川の中に追いつめられ、犬たちにかみ殺されてしまった。


大学時代、東京神田の古本屋で、日本各地の地名をアイヌ語起源で解き明かそうとする本を立ち読みしていたら、ヤクシマの「ヤク」は、アイヌ後のシカを意味する「ユク」が訛ったものだという説に出会った。著者が誰だったのか記憶にないし、ユクがヤクになるにはかなり無理があるとは思ったのだが、妙に納得してしまった。話としては悪くない。なぜなら屋久島は、まさにシカの島だからである。山麓から山頂まで、いたるところにシカが生息している。

とはいっても、かつては人里近くで見ることはめったになかった。果樹園や集落近くにひんぱんに出没するようになったのは、昭和五〇年代になってからのことである。その背景には昭和三〇年代から四〇年代にかけて凄まじい勢いで展開された国有林の大面積皆伐がある。当時の無謀な国有林経営が、シカたちを有害獣に変えたのである。

一度山を降りたシカたちは、もう山へ帰ることはないのだろうか。大面積皆伐後、育林が計画どおりに実行されたとすれば、山の大半は杉の単一林になってしまったわけだから、帰りたくても帰れないのかもしれない。最近では集落の中に存在する藪や、あるいは県道より海側の林の中に棲みついているシカもいる。ついこの間もイソモン採りに行ったら、瀬の上のシャリンバイやトベラの葉がかなりの広範囲で食われていた。こんな海辺にまで来ているのかと思うと切なくなってくるが、だがシカの立場に立って考えてみると、人里で暮らすことは彼らなりの選択なのかもしれない。いくら人間から遠い山の中にいたって、「有害獣駆除」の名目でハンターがそこまでやってくるのだから……。

もう何年も前のことだが、サルの糞を拾うために毎月山に通っていたことがあった。低所のサルと高所のサルの食性の違いを調べるために、下は西部林道、上は黒味林道の奥の標高一〇〇〇メートル以上の地点で採取していた。ある月のこと、まったく糞が落ちていないので首をかしげながら歩いていると、突然数頭の犬が砂ぼこりを上げながら走ってきた。びっくりして思わず道をあけると、犬たちはぼくに目もくれることなく、疾風のごとく走り去っていった。そうか、そういえばさっき見つけた糞が犬臭いと思っていたら、やはりそうだったんだ。サルが姿を現さないはずである。帰り道、数名のハンターが、川のそばでシカを解体している場面に遭遇し、合点がいった。

下山後、栗生の担当区にゲートの鍵を返しにいったときに尋ねてみると、「有害鳥獣駆除」でシカ撃ちに入っているという。おかしな話である。あの辺りでシカの被害が発生しているなんてとても考えられない。強いて挙げるとすれば、林道脇に自然発生したスギの幼樹が食われているくらいのことだ。ということは有害鳥獣駆除の名のもとに、無害のシカが撃たれているということになる。つまり被害を出しているシカを駆除の対象として特定することなく、被害とはまったく無関係の無実のシカを殺しているわけだ。もしこれが人間の世界の話であったとしたら、とんでもない話である。本当はN集落の人が悪いことをしたのだが、M集落やA集落のほうが人口密度が多くて手っ取り早いから、そこで一〇〇人ほど撃ち殺そうという話なのであるから。

シカたちは、たぶんそのことに気づいたのかもしれない。今なお危険でしかもすっかり変貌した山へすごすご帰るより、人間がむやみやたらに発砲することのできない人里のほうが安全だということに。もちろん里には里での、新たな危険が待ち受けてはいるのだが……。

ある日、クウを車に乗せて楠川の農道を走っているときのことだった。いつものように彼は助手席に座っていた。ぼくから「後ろ！」といわれないかぎり、彼は車に乗るとすぐ助手席に座る。つねに安全運転を心がけているぼくとしては、クウにもシートベルトを掛け、四二・一九五キロの経済的かつ快適速度で走っていた。

と、突然クウが半開きの窓から身を乗り出した。慌ててブレーキを踏むと、ころげ落ちるように外へ飛び出していった。見るとすぐ横の林の中にシカがいる。「待て！」と大声で叫んだが、もはや興奮したクウの足をとめることはできなかった。犬はやはり、生まれつきのハンターなのだろうか。何の躊躇いもなく、クウは弾丸のように見知らぬ森の中へと走り込んでいった。

「キラーエイプ」という言葉がある。それは私たちの祖先は「殺戮する類人猿」（キラーエイプ）であったとみなし、ヒトは狩猟という行為によって類人猿から人間に進化したのだ、という説である。人間は生まれつきの「ハンター」であるとするその考え方は、「人はなぜ殺すのか」という永遠の問いへの、ひとつの陰鬱な答えとして提示された。

人間の「殺人性の根源」を、「狩猟」の習慣に見いだそうとするその考え方に、とても納得はできないが、それでもヒトは、二本足歩行を始めたときから、確かにハンターであった。食うために、そしてやがて娯楽のために、「狩猟」をつづけてきたことは、まぎれもない事実ではある。

とくにシカは、一番の狩猟対象物とされてきた。その大きな角、優雅な姿、しなやかな動きから、神聖な野獣と見なされていたにもかかわらず殺されつづけてきた。

たとえば日本の武士たちは、鹿狩りに熱中した。武士たちが熱中するにはわけがあった。弓矢や騎馬戦の訓練をするのにシカは格好の獲物だったし、その皮はさまざまな武具として重宝だったからである。また霊妙神秘な力を秘めたシカの角は、刀掛にしたり兜の飾りにしたり、それは「一の矢」のシンボルでもあった。

「慶長日記」によれば、徳川秀忠が渥美半島で行った鹿狩りでは、三日間で五八二頭のシカを捕獲したという。九州では大友氏が、一回の狩りで七、八〇〇頭のシカを得ていたというし、越前若狭では享保一〇年、二〇〇〇頭が捕獲されたという。

一方中世のヨーロッパでも、シカは理想的狩猟の対象とされ、フランスのルイ九世は、一週間のうち三〜五日は馬に乗って狩猟に没頭し、五〇年間で約一万頭のシカを殺したという。

なんともすごい数である。だが人間が殺してきたのは動物だけではない。同じ仲間である人間をも殺してきた。やはり人間の本質は、陰鬱な殺し屋であり、私たちはその末裔なのだろうか。

なぜ人間は、人間を殺すのか？

動物学者コンラッド・ローレンツは次のように考えている。「ライオンやオオカミなどの捕獲獣は、殺すための器官を何百年間もかけて進化させた。その長い過程の中で、自己の種の破壊を防止する信頼できる制御を十分に備えた。だが人間の独特な殺人性は、獲物を殺す自然の武器をもたない基本的におとなしい雑食性の本性から発現したため、プロの食肉獣がもつ自分の仲間を打ちのめすような殺傷力の乱用を防止する備え付けの安全機構が欠けているのである。人の進化において、人工的な武器の発明が急激に殺戮の能力と社会的制止のバランスを狂わせるようになるまでは、突然の殺人を制止する機能は必要ではなかった。が、その後の人間の立場は、ある超自然的な罠によって、急にオオガラスのくちばしを獲得してしまった鳩に近いものだったのである」と。

つまり、武器がゆっくりと進化したのではなく、突然発明され開発されたので、ヒトは殺戮の能力とともに備えなければならない制御能力を獲得する時間がなかった、のだという。

人間は、弱々しい生き物である。生身ひとつでは何もできない。たとえば野犬と対決するときでさえ、棒きれひとつ持っているかいないかで優位性はまるでちがう。自分の歯で相手に嚙みつき、血まみれになってそれを殺さなければならないとしたら、もしかしたら私たちの制御装置も少しはましなものになっていたのかもしれない。

その弱々しい人間が、「武器」によって強大なものへと変身する！　そして自分自身を操縦できなくなってしまう……。ハイテク武器が使用された湾岸戦争は、恐ろしいほどにもはやゲーム感覚であった。

私たちはいつ武器から解放され、自分自身をコントロールできるようになるのだろうか。

シカを追って山へ駆け込んでから、丸三日経ってようやくクウが帰ってきた。下あごの先端に、シカに突き当たった痕跡はない。どうやら無駄骨に終わったようだ。相当疲れきっている。半開きになった口に手を入れて、歯を触ってみる。

「そうか、これがお前の武器か」

何度かそうつぶやいているうちに、心の中に尊敬の念にも似た感情が湧いてきて、ぼくは何度もクウをブラッシングしてやった。

島の冬

昔「テリー」という名前の犬を飼っていた。ポインターの雑種で、もちろん外で飼っていたのだが、この犬がなんとも寒がりで、学校から帰ってきてみるとよくコタツにもぐり込んでいた。一度ぬくぬくとした暮らしを味わってしまうと、犬もまたなかなかそこから抜けだせないものらしい。父に見つかるたびにこっぴどく怒られるのだが、誰もいないとまたちゃっかりともぐり込んでいた。

「しつけ」というのは難しいものである。きちんとしつけるためには、きっぱりと叱らなければならないが、少しでも自分に弱みがあったりすると、なかなかきっぱりと叱ることができない。そうなると、それはもう単に怒鳴っているか、非難しているだけのものに成り下がってしまう。まず自分自身がそのことに関して厳格であるのかどうか、顧みて恥じることはないのかどうか、人はたぶん他を叱るときに無意識下でそのような自己チェックをしているのだと思う。そのうえで、毅然たる態度をとれるのか否かを決定しているのだろう。自分の心に嘘をつくことはできないのだから。

つまりぼくの場合でいうと、ことコタツに関する限り何もいう資格がないのである。だってぼくは熱烈なコタツ愛好者であって、あの甘美な赤い光線に触れたとたん、たちどころにグータラになってしまうのだから。そんなコタツ人間のぼくが、たとえ相手が犬であったとしても、どうして「コタツに入ったら駄目!」などと叱りつけることができようか。

しつけというのは、人間と犬との間でさえそんなに難しいのだから、人間対人間だったらなおさらである。ましてや人間の欲望には果てしがないのだから、一筋縄ではいかない。

島の冬は寒い。長い夏が去り、あっという間に秋が駆け抜け、北西の風が強くなると、とても南の島とは思えないくらいに寒くなる。特に島の北側は寒さがきびしく、一一月には早くもコタツを引っ張り出し、なんと五月の連休のころまで出しっぱなしの人もいる。

今でこそ、島に雪が積もることはまあまあ世間に知られるようになったが、かつては冬山遭難が続出したものである。里に雪が積もることはまずないが、奥山は一二月には初雪が降り、二月ともなると深い雪に覆われる。

だが観光客にとっては、どうやら屋久島は「常夏の島」であるようだ。そんなふうに勘違いしてしまうような観光パンフレットの作りにも問題があるのだろうが、「冬でも泳げますか」という問い合わせには少々うんざりしてしまう。そりゃ泳ぐことは不可能じゃないだろうが、寒い季節にどうして泳ぎたいと思うのか？　そのへんのところがぼくにはよくわからない。

九月になると、島の人たちはもうパタッと泳ぐのをやめてしまう。というのもこの島で「泳ぐ」といえば、海ではなく川で泳ぐことだからである。ベタつく海よりも、川の清流はすっきりと爽快だから！　だが急峻な山肌を一気に駆けおりてくるこの島の川の水は、夏本番でさえもそんなに温むことはない。だから秋になり、水を冷たく感じはじめたら、もう誰も泳がなくなるのである。

余談だが、この島に住んでいると川で泳ぐというのは当たり前のことであるが、もはや日本列島には、子どもたちが安心して遊んだり泳いだりできる川はあまりないのかもしれない。やがてやってくる未来の子どもたちに「えっ？　二〇世紀には、川って泳げるところだったんですか」と馬鹿なことをいわせないためにも、ぼくらはもうこれ以上川を汚してはいけないと思う。

でも振り返れば、この島の川もずいぶん変わってしまった。下流域は汚れ、上流域でも台風のたびに川岸の崩壊が頻繁に発生するようになってしまった。過去の国有林伐採のツケが今ごろになって回ってきたのだろう。保水力を失った山は雨を一挙に走らせ、これまで流木といえば枯れ木であったが、最近では生木の割合が増加、数年前には大量の生木の流木が宮之浦港を覆いつくしたことがあった。

山は山だけで存在しているのではないし、川は川だけで存在しているのではない。山と川と海は、ひとつながりのものなのである。山が禿げれば、海もまた禿げるのである。かつて海で魚を追いかけると、びっしりと磯に生えた藻の中に逃げ込んで探し出せないものであったが、今や磯は焼け藻も跡形もなく消えてしまった。飛び魚が産卵に来なくなるはずである。ホトトギスだけは毎年渡ってきて「トッピョハトエタカ（飛び魚は獲れたか）」と鳴きつづけているが、もはや一〇万越しの大漁旗なんて、爺ちゃんの昔話の中にしか存在しない。

泳ぐ話のついでに書かせてもらえば、島では単に海水浴をするという習慣はなかった。観光客から「どうして田舎浜みたいな綺麗な砂浜で泳がないのか」と聞かれ、答えに詰まってしまうことがある。何の獲物もなく、焼けつくような暑い砂浜で、ただ泳ぐことに何の楽しみがあるのか、こちらが聞きたいところである。ましてやそこは、はるかな昔から海ガメたちが産卵にやってくる場所である。新参者の人間が、レジャーのためにドタバタとはしゃぎ回るところではない。

島の人たちが海で泳ぐのには目的がある。貝や魚などの獲物を採るためである。獲物を採るには岩礁海岸に限る。貝や魚を採るのに、砂浜のビーチは最悪である。陸でいえば、そこは砂漠のような場所だからである。どうして本土の人たちは、そんな場所に殺到してまるで芋を洗うような行為を好むのだろうか。不思議でならない。

話がいつのまにか、冬から夏に飛んでしまったが、夏が暑いように冬とは本来寒いものなのである。寒いから冬は冬であり、暑いから夏は夏なのである。環境を改変してしまうほどに、季節を改変してはならないと思う。地球に生きる者にとって、地球の節理は当たり前の試練なのであるから、それは感受しなければならないと思う（寒がりでコタツ愛好者のぼくがこんなことをいったってちっとも説得力はないかもしれないが、いつだって心意気だけは高く掲げておきたい！）。試練がなければ、ぼくらの身体も脳味噌もいたずらに衰えていくばかりなのだ。無重力の宇宙空間にしばらく滞在していた宇宙飛行士の筋力が、あっというまに萎えていくように。

人が生きていくとき、自分の決意に試練を与えそれを克服していかなければ道は開けないように、人類だって快適で便利な道ばかり歩いていると、そのうち袋小路にはまり込んでしまうに違いない。

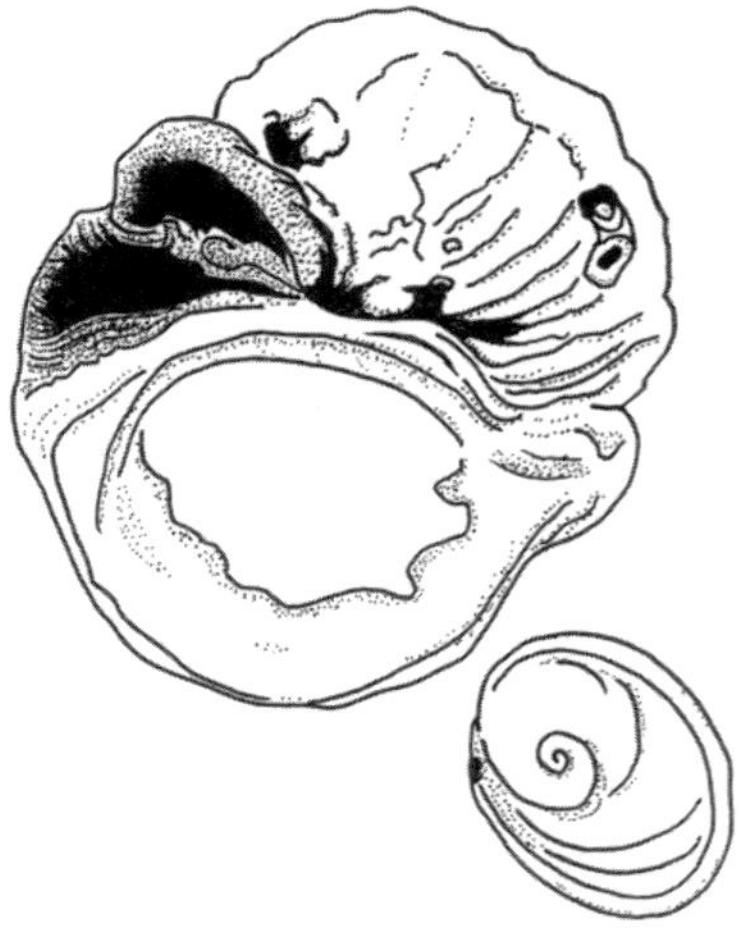

ぼくは戦後の生まれなので、それ以前のことは知らないが、昭和三〇年代のころの屋久島は寒かった。たいした防寒着もなく家も隙間だらけだったから、よけいにそう感じたのかもしれないが、冬になると人もそして家もガタガタと震えた。島の家はそもそも夏向きを旨としてつくられているので、床下はがらんどうで縁側には戸もなく、台風のときや雨がひどい夜には雨戸を立てることもあったが、普段は開けっぱなしだった。だから犬も自由に上がってこれたし、北風もまたわがもの顔で家の中に上がり込んできたのである。

なかでも便所は寒い場所で、歌でも唄わなければとてもじゃないが用を足せなかった。節穴の吹く虎落笛《もがりぶえ》に合わせながら、ぼくもまた当時流行った歌を大きな声で唄いながらもよおしたものである。

「便所にイタリヤ、誰もオランダ、風はスイス、またがってパリ、落としてロンドン……」

バタバタと用を足し、鼻をすすりながら学校へ行くと、水たまりに薄氷が張っていることがあった。手がかじかんで学生服のボタンをかけられないこともたびたびあった。手足や耳が霜焼けになったこともあった。だが最近そんなことは滅多になくなった。ということはこの数十年の間に、地球の温暖化が確実にすすんでいるということなのだろうか。だとすれば、ぼくらは子どもたちに、またひとつ大きな重荷を背負わせていることになる。

現代文明は、ひたすら人間の欲望を満たすために走りつづけてきた。もしこのままさらに暴走をつづけるならば、子どもたちはやがて未来を失ってしまうだろう。

今ぼくらに必要なこと、それは地球の生きもののひとつとしての節度ある生き方を、自らにきちんと躾けることだろう。

寒風吹きすさぶ中、クウをつれて散歩に出る。すっかり枯れ果てたススキの穂が、風の形をしっかりと記憶に刻み込んで墓標のごとく立ち並んでいる。

「冬よ、ぼくに来い」

ふと甦ってきたフレーズを胸のうちで唱えながら、ぼくは久しぶりに冬枯れの原っぱの中の一本道を、クウと一緒に全力で疾走した。

あこがれの自給自足

高校を卒業すると、ぼくはすぐに島を出た。正確にいうと、大学受験に出かけたままもう島には戻らなかったので、卒業する前に島を出た。だからぼくには同級生と共有する卒業式の日の思い出というものがない。都会の片隅の公衆電話から父に電話をかけ、卒業証書をもらいにいってくれるよう頼んだ記憶があるだけである。今にして思えば、どうして卒業式なんかナンセンスだと考えていたのか不思議でならないが、若さというのは身勝手で思い込みの激しい暴走車だから、たぶんそのときにはそのときの思い入れがあったのだろう。

何はさておき、一刻も早く島を出たいという思いは、島という閉鎖された環境に生まれ育った若者たちにとって共通の願いだった。島の暮らしを惨めだと思ったことは一度もなかったが、海の彼方の未知なる世界は、あこがれの世界だったのである。

それから六年後、ぼくは島へ帰ってきた。突然プー太郎状態で戻ってきた伜に、父はショックの色を隠せなかった。当然教員になるものだとばかり思っていた息子が、こともあろうか農業をやりたいなどと戯けたことをほざくものだから、馬鹿息子がついにおかしくなったと映ったのだろう、重々その難儀さを知りつくしている父は呆れて何も言わなかった。

たしかに屋久島で農業を成立させるのは難しいことである。まず肝心の土地が乏しい。島を湯呑み茶碗にたとえれば、その内側はほとんどが国有林で、民有地は茶碗の縁ほどの広さしかない。加えて日本一の豪雨地帯である。奥山で一万ミリ、里でも四、五〇〇〇ミリに達する雨量は、あっという間に土壌から肥料分を流失させ土を酸性化させてしまう。さらに高温多湿による病虫害の多発、そしてとどめは毎年数個はやってくる台風。一見豊かに見えるが、この島で農業をやっていくのは並大抵のことではないのである。だがそんなことは、五〇位は承知のうえで、ぼくは農業をやりたかったのである。

「自給自足」

そのころのぼくは、その言葉にどっぷりとはまり込んでいた。その言葉にグイグイと突き動かされて行動していたといっていい。この国ではかつて言語に神霊が宿っているとして、言葉の霊妙な働きを「言霊」と呼んだが、当時のぼくにとって「自給自足」という言葉は、まさにその言霊的な意味合いをもっていた。もちろん今も自給自足という言葉の秘めたパワーは、すきあらばぼくを突き動かそうとする。誰にでもそんな言葉との出会いがあるのだろうが、自給自足という言葉は、ぼくの人生のキーワードの中でもひときわ強烈な言葉であった。

たとえば「愚公山を移す」とか「汝犀の角の如く独り歩め」とか「起きて半畳寝て一畳」とか、ぼくの人生の中で出会った重要な言葉はたくさんあるが、その中でも自給自足ほどインパクトの強いものはなかった。その言葉にすべてを託そうとさえ思ったのだから。

自分のことはすべて自分で賄いたい。自分の落とし前はきちんと自分でつけたい。そんなぼくの切なる願いは、いつしかぼくの心の中に「一本の樹」の姿となって結晶した。自ら切り捨てた葉で自らを養っていく。そんな一本の樹のごとくありたい。寒風の中に立ちつくしながら、大地にしっかりと根をおろし、空をめざして伸びていく。そんな一本の樹のように生きていたい、と。

なんとも青くさい図を描きながら、ぼくは島での日々を耕しはじめようとしたのである。だが結局、ぼくが耕せたのは実際の畑ではなく、頭の中の畦道だけであった。


「犬も歩けば棒にあたる」ということわざがある。今は、歩き回っていればそのうちにいいことがあるという意味合いで使うことが多いが、そもそもはその反対で「むやみにうろつき回っていると棒で叩かれる」というのが本来の意味である（ぼくとしてはそのほうが実感があるので、そちらに重きをおいて使っている。もちろん、だからこそうろつき回りたいという願望を込めて）。

土地を求めてうろつき回っていると、やがて一町三反歩もの土地をわけてやってもいいという奇特な人が見つかった。ところが、「金」がない。どこから借用しようかとアレコレ物色していたら「土地取得資金」というものがあった。低金利で条件もいい。だがその金を借りるためには農協の組合員でなければならないし、審査もかなりきびしい。そこでまず一年間かけて組合員になった。

それから農協へ何度も足を運び、「営農計画」の作成に取りかかった。営農計画を立てるのは、最初の段階では楽しいものであった。だがそれはやがて苦痛となった。というのは、ぼくがやりたい農業は「百姓」になることだったからである。叺に入るもの――つまり穀類を中心に、なるべたくさんの野菜類を、できれば一〇〇種類ほどの作物を作りたい！　それがぼくにとっての農業、つまり自給自足ということであったからである。だが金を借りるということは、換金し返済するということや効率を計算しなければならず、結局単一作物にしぼりこまざるをえなかった。「百姓」ではなく「一姓」。夢が一気に一〇〇分の一にしぼんでいくようであった。

幾晩か眠れぬ夜をすごし、結局ぼくは妥協した。だが問題はもうひとつあった。それはぼくの描く農業が、化学肥料をいっさい使わない有機無農薬農法だったからである。無農薬、無化学肥料にこだわりつづけるぼくに農協の担当者は困惑し、そんな営農計画では資金を貸し出すことはできないと忠告した。見境を失ったぼくは、「農薬はむらなくたっぷりとかけましょう」という壁に貼ってあったポスターの文句にさえ噛みつき、話し合いというよりは、ほとんど喧嘩まがいのものになってしまった。

血気盛んなぼくの辞書には、そのときまで「妥協」という文字はなかったのである。だがひとつ妥協したことで、ぼくはズルズルと後退することになった。歯ぎしりしながら、ぼくは営農計画書を作り終えた。一町歩の面積にお茶を作付し、化学肥料と農薬の購入代を計上し、三年後からはじまる返済金額を算出した。

それから一年後、取得資金がおりてきた。後はそのお金を引き出して土地を購入するだけだった。ところが、妥協した時点で歯車はすでに狂ってしまっていたのだろう。購入予定地に「農用地指定」の動きがあり、地主から売買を一年間延期したいむねの連絡があった。農用地に指定されれば、五〇〇万円までの売買が無課税になるのだという。仕方なく一年間待った。

ところが翌年、さらにもう一年待ってくれという。心が活火山に成りはじめたところに、農協から通告がきた。取得資金の期限が切れるので、もう一度申請しなおさなければならないと。

冗談ではない！　ちょうどその時帰島していた地主をつかまえ、役場で話し合うことになった。だがそのとき、ぼくは言ってはならないひと言を吐き捨て、すべてはご破算となった。島が嫌で、今は東京で暮らすその不在地主の傲慢な態度に、ぼくは理性を失ったのである。

「只ミタイナ安イ値段デ分ケテアゲルノニ、ドウシテアト一年マテナイノネ」

待ったのだ、ぼくはもう三年も……。なんとも嫌味なそのものの言い方に、ぼくは完全にキレた。

「なんだとこのクソ婆ァ！」

売り言葉に、買い言葉。結局ぼくが売買できたのは、「土地」ではなく、「言葉」であった。

人生に巡ってくるチャンスはそんなに多くはない。以後、そんなに広い土地を分けてくれるなんて話は、もう二度と舞い込んでこなかった（世界遺産登録後、この島での土地の入手はますます困難になった。ぼくの住む宮之浦の登り上がりという場所は、すでに坪単価三五万円を突破して、まだ上昇中である)。惜しいチャンスを逃したものだと思う。

だが冷静に考えてみれば、そもそも「土地」は誰のものでもないし、人間が生きてゆくのに必要な土地なんて、とどのつまり「起きて半畳寝て一畳」なのだから、それはそれで良かったのかもしれない。へたに所有すると、人はそれを守ることに必死になり、ほんとうに大切なものがいったい何なのかわからなくなってしまうから……。

それに、そのまま妥協したところから出発していたら、そのことはきっといつまでもシコリとなって心をむしばみつづけただろうし、いつか破綻するのは目に見えていたに違いない。

人生は短く一度きりだというのに、ちっとも思いどおりにはいかない。いくら歳を重ねても、いつだって中途半端だし、相も変わらず後悔の日々を積み重ね、今日もまた途方に暮れている。だがそれでも、いやそれだからこそ、しぶとくやりつづけるしかないのだと思う。

人はそもそも愚かな生きものなのだから、悲観的になることはない。次もまたうまくゆかなくても、シコシコと求めつづけてゆくしかないのである。

自分の「旗印」を、決して降ろすことなく。

動物と暮らす

かつてぼくの身の回りには、たくさんの動物がいた。「ペット」ではなく、「家畜」としての動物が屋敷のちょっとしたスペースを利用して飼われていた。すぐ前の家では羊を飼っていたし、その隣の家には鶏がいた。斜め後ろの家では豚が飼われていたし、ぼくの家でも鶏や豚、そして馬を飼っていた。

ほかにも山羊や兎など、生産や自家消費を目的とした家畜動物が、ほんの一、二頭ながらも、あちこちの家で飼われていた。それは、それらの家が農家だったからというわけではない。なにがしかの生き物を飼うということが、この島の暮らしぶりだったのである。

島は、周りを海に囲まれている。それはいつでも孤立する可能性を秘めている。海が荒れ狂い、船が途絶えれば、島はすぐにジリ貧になる。船の便が格段によくなった今でさえ、欠航がつづくとスーパーの生鮮食料品陳列棚は、あっという間に空っぽになってしまう。

島で暮らすということは、命をながらえるために必要なものは、すべて自前で賄わなければならないということなのである。だからこの島の先人たちは、畑にさまざまな作物を作り、いろんな家畜を飼い、自給できるものは極力自給する暮らしを営んできたのである。「山に一〇日、海に一〇日、野に一〇日」とは、この島のかつての暮らしぶりであるが、それはたぶんこの島の未来の暮らしぶりでもあると思う。今、個人の家で動物を飼うといえばその大半が犬や猫に代表されるように「愛玩用」としての動物であるが、ぼくは近い将来この島のどこの家でもまた、少数の家畜を飼育するそんな時代が再びやってくると思っている。

「多かもんな、草や！」

それは父の口ぐせであったが、ほんとうに大地はいったいどれだけの植物の種子を蔵しているのだろうか。圧倒的な植物のパワーを前にすると、人間の営みなんてつかのまの夢なのかもしれないとさえ思えてくる。その無尽蔵の蔵から吹きだしてくる草を利用しない手はないと、たぶん父は思ったのだろう。ぼくが物ごころついたときには、わが家には馬が飼われていた。

馬は、ぼくの家では重要な役割を担っていた。春先になると、父はいくつもの田んぼの鋤き起こしを請け負い、そのお礼として収穫後に稲藁をもらった。その藁で祖父は縄をない、現金を得ていたのである。馬小屋のとなりの小部屋で、終日足踏み式の縄ない機にすわって縄をなう爺の姿を、今も鮮明に思い出すことができる。懐かしい藁の匂いとともに。

毎日毎日草刈りをさせられた兄たちは、馬に対してあまりいい思い出はないようであるが、何も手伝わなくてよかった幼いぼくは、馬が大好きだった。濡れた水晶玉のようなその大きな瞳は、優しく不思議な魅力をたたえていて、いつまで見ていても飽きることがなかった。

人間だけが住む都会から島に帰ってきたぼくは、すぐに山羊を飼った。ほんとうは馬を飼いたかったのだが、値段も高く、また使い道もよくわからなかったのでやめた。やがてポニーを買わないかという話もあったが、それだとまるっきりペット感覚なのでそれもやめた。あくまでも家畜としての動物が飼いたかったのである。

なぜ山羊だったのかといえば、理由はいくつかあった。まず草だけで育てられるということ。餌代がまったくかからないということは、それだけでもう魅力的であった。それから堆肥を作るのに扱いやすいと思えたこと。コロコロと小さく丸いその糞は、ちっとも汚い感じはしないし、それどころかかすかにいい匂いがして、素手で触っても苦にならないと思えたからである。

それともうひとつ、山羊の乳は牛乳よりも栄養があると聞いたからである。「アルプスの少女ハイジ」の中のペーター少年のように、乳をしぼってみたいではないか。そんなことを思いながら、杉の丸太で掘っ立て小屋をつくり、山羊を注文した。もちろんいざとなったら、食糧としてつぶすことも念頭において……。

予想通り山羊は扱いやすく、最初のうちはほんとうに可愛かった。少しとぼけたようなその目も見慣れると愛嬌があったし、鳴き声も心地よかった。

そして草を切ることもじつに楽しかった。これまで意識したこともない世界が、そこには息づいていた。「ウンバイチゴ」、「ルーの木」、「トッビョバナ」。名前を知るということは不思議なものである。これまでまったく何の関係ももたず、無存在に等しかった植物たちが、名前を知ったとたんアチコチから、「ヤァ！」、「ヤァ！」、「ヤァ！」といわんばかりにその存在を主張してきた。野も山もじつにさまざまな「いのち」たちであふれていた。草を切りに出かけるとき、ぼくはそんないのちたちとのつながりを感じはじめていた。

だがそんな蜜月も、三カ月ほどしかつづかなかった。やがて梅雨時になると、草を切ることが嫌になってきた。降りしきる雨の底に沈んだ草はぐったりと重く、ぬかるんだ道で単車は何度もこけた。そんなぼくの苦労も知らず、山羊はちょっと餌をやる時間が遅れただけで、なんとも癇に障る声でわめきちらすのであった。

「べェー」「べェー」「べェー」

あまりのうるささとしつっこさに、頭にきたぼくは丸一日餌をやらなかった。おとなしくなったら、やってもいいと思いながら……。ところが山羊の奴ときたら、ますます甲高くヒステリックな金切り声を、間断なく発しつづけるのであった。

「うるさい！　誰が飼ってやっていると思ってるんだ！」

すっかり頭に血がのぼったぼくは、怒りに身体をふるわせながら草切りに出かけた。激しい雨の降る日であった。腹立ちまぎれに振り下ろした鎌は、ばっさりと草をなぎたおし、脚に刺さった。合羽をめくり上げると、雨とともに赤い血が流れ落ちてきた。ヨモギの葉っぱで止血しながら、ぼくは自分がなんとも情けない人間に思えてきて、とても惨めな気分になり泣いた。

どうしてこんなに怒っているのだろうか。どうしてこんなことになってしまったのだろうか。山羊を飼いたいと思ったのは、ぼくの勝手ではなかったのか。山羊にしてみれば、無理やり狭い空間に押し込められ、堆肥や乳を生産するために自由を奪われたのだから、「餌をくれ！」と要求することくらいは、当然の主張なのではないか。そんな当然の主張に対して、どうしてぼくは腹を立てたのだろう？

どうやらぼくはいつのまにか、勘違いしていたのかもしれない。山羊を「飼ってやっている」のだから、当然ぼくのほうが「ご主人様」で山羊よりも偉いんだと、そんなふうに思い込んでいたのかもしれない。

それこそ独りよがりというものである。ぼくの都合で山羊を飼っているのだから、きちんと餌を運ぶのはぼくの務めであって、ほんとうは山羊のほうがぼくの「ご主人様」なのかもしれないのだ。そのことに思い至ると、ぼくの腹立ちは嘘のように消え、心がふっと軽くなった。

山羊のほうがじつはご主人様なのではないかと思えるようになったとき、たぶんぼくは解放されたのではないかと思う。そのときぼくは、人間の傲慢さから抜け落ちることができたのではないか、と。

人間が、一度「ご主人様」の地位から降りてみること。それはぼくらが今、人間というものを問い直すためにも、そして対自然との関係性を考え直すためにも、ぜひとも必要なことではないかと思うのである。人間が他の生き物よりも偉いなんてことがあるわけはないし、同じ生き物のひとつにすぎない人間が自然を無下にして生きられるわけはないのだから。

以来ぼくは、山羊に対して涼しい気持ちで接することができるようになり、それから七年間飼いつづけた（最終的には八頭まで増えたが、ある日サッカーの試合で肋骨を痛め、草を刈ることができなくなり、やがて全部手放すことになるのであるが……）。

何をやっても中途半端ではあったが、それでも山羊を飼いつづけた七年半という期間は、じつにさまざまなことを、草や木や蜂や鳥などから教えてもらった。

それはとても貴重な経験であった。

年の神様

ぼくが生まれ育った宮之浦にある益救神社は、一〇世紀初頭にまとめられた全国の神社一覧（延喜式神名帳）に記載されているから、一〇〇〇年以上も前から朝廷に官社として位置づけられていたことになる。

なぜそんな昔に、こんな南の果ての離島の神社が官社として選定されたのだろうか？

そもそも屋久島が歴史に登場するのは七世紀になってからで、それから徐々に大和朝廷に組み込まれていくのであるが、やがて朝鮮半島の情勢が悪化し、遣唐使が南島路を利用せざるをえなくなった八世紀前半になって、特に注目されるようになったと思われる。七五三年には、遣唐副使の吉備真備や唐僧鑑真らを乗せた船が屋久島に漂着していることからも、そのことがうかがわれる。時の朝廷にとって、屋久島は南島航路の要所として、とても重要な島だと認知されていったのである。

そんな時代背景の中で、益救神社はやがて官社としての格式を与えられていくのだが、当時は「益救」と書いて、「ますくひ」とか「すくひ」と発音していたようである。それで益救神社は別名「救いの宮」とも呼ばれ、その「救いの宮がある浦」ということで「宮之浦」と呼ばれるようになったという。

その益救神社の祭神は「山幸彦」で、標高約二〇〇〇メートルの宮之浦岳がその奥の院である。冬は深い雪に覆われるその頂きに、山幸彦は「一品宝珠大権現」という名前で祭られている。かつて春秋二回、毎年行われていた「岳参り」は、その畏敬の地への無病息災と豊作祈願の参詣であった。

その聖なる頂きと益救神社を、宮之浦川が長さ十数キロの糸で結び、その河口のほんのわずかな平坦地に、ぼくらは住まわせてもらっているのである。

屋久島には全部で二四の集落があるが、なぜかぼくが暮らす宮之浦集落だけに出没する神様がいる。それは「年の神様《トイノカンサマ》」という神様である。

トイノカンサマは、普段は益救神社の奥の院のあるお岳に住んでいて、大晦日になるとやってくる。ガラガラドンドンと鳴り物入りでやってきて、子どもたちの一年間を総括するのである。

ところが昭和三〇年代になると、とんと姿を見せなくなってしまった。時は高度経済成長時代で、トイノカンサマたちにとって、随分住みにくい世の中へと変貌してしまったのかもしれない。

だが、いつの世にも悪ガキたちは存在する。子どもを育てるには褒めて伸ばすのが一番だが、たまにはガツンと叱りつけることも肝心である。しかし、子どもを叱るということは、言うは易く行うは難い。ぼくのようなヘラヘラとした大人が叱っても、叱るほうがいい加減なのだから効き目があるわけがない。ここはひとつ、あの恐ろしくも威厳に満ちたトイノカンサマに一役買ってもらうしかないだろう。

そんなわけで、ぼくは幼馴染のマッカッちゃんやトシミ、ヘッコたちに相談した。そして不届き千万ながら、ぼくらがそのトイノカンサマになることにしたのである。本物が来てくれないなら、ニセモノたちで演じるしかない！

昭和五七年一二月、ぼくらは「年の神様復活プロジェクト」をスタートさせた。

ところで、トイノカンサマとはどんな神様なのかというと、ひと言でいえば「歳」を授ける神様である。現在ぼくらは誕生日を迎えたときに自動的にひとつ歳をとる（＝「満年齢」）が、かつて「数え年」で年齢を計算していた時代には、生まれた時点で一歳。そして以後は大晦日を迎えるたびにひとつ歳を貰っていた（お年玉の由来はそこにある）。

その歳を貰うという考え方は重要で、ぼくらは自分で勝手に歳をとれるわけではなく、トイノカンサマに歳を貰うことによって、またひとつ歳をとることができるのである。つまり、一年の終わりの総決算の日に奥岳からやってきたトイノカンサマが、歳をあげるのにふさわしいかどう

かを判断して、

「歳を呉うっどう」

と言われてはじめて、ぼくらは歳をとることができるのである。だから、子どもたちにとって、トイノカンサマはとてつもなく恐ろしい存在なのである。なぜなら、悪い子だと判断されて歳を貰えないと、荒縄で縛られて山へ連れていかれてしまうのだから……。


大晦日の夜、ぼくらは化粧し、真っ白い鬘をつけて、トイノカンサマに変身した。化粧とは不思議なものである。顔を白く塗り上げていくうちに、ぼくらはだんだんその気になっていった。そしてすっかり変身して夜の街に躍り出たとたん、ぼくらはもう完全にトイノカンサマになりきっていた。一斗缶を叩き、ゲタの音を空に響かせ、破鐘のような声で咆哮するその心地よさ。

「ウォー、トイノカンサマが来たどぉー!」

準備は万端であった。四半世紀ぶりに復活したため、ぼくらはあらかじめ営業活動を展開していた。一五軒ほどの家から注文を取り付け、どこの子どもがどんな風に悪い子なのか、どんなときに親の言うことを聞かないのか、すべて調べ上げて閻魔帳を作成していた。その閻魔帳を腰にぶら下げ、ぼくらは夜の街を吠えて回った。もちろん大晦日の夜に大声で叫んで回るわけだから、身分を明らかにするためにも「年の神様」と書いた大きな幟を持って……。

はじめて体験するトイノカンサマのパワーは、じつに絶大だった。

一軒目の子どもは嘘つきであった。そしてときどき親の財布から金を盗む悪ガキであった。トイノカンサマは、まずその子に姓名を名乗らせ、「親のいうことを聞いているか？」と詰め寄る。子どもが「ハイ」とでも言おうものなら、すかさず「嘘を言うな！」と叱りつける。そし矢継ぎ早に畳みかけていくのである。

「この間も親の財布からゼンのおっ盗ったよが。ちゃーんとわかっちょってやど！」

「えっ？　ハ、ハイ」

「もうそんなこたぁ二度とせんか？」

「ハイ」

「返事がこまかがぁ！」

「ハイ」

「ほんのこつか？」

「ハイ」

「そんなことをいうて、また嘘をつくてやろが？」

「ハイ」

「ほわみてめ！　こん嘘ひっかいが！」

「……」

子どもは怖いものだから、ただハイとしか言えず、トイノカンサマの誘導尋問にはまり、絶句して泣き出してしまう。

いやはや、げに恐ろしい存在である。

二軒目の子どもは、可哀そうであった。種子島から遊びにきていたのに、巻き込まれてしまったのである。後で聞いたのであるが、それまで毎年屋久島に来るのを楽しみにしていたが、あん

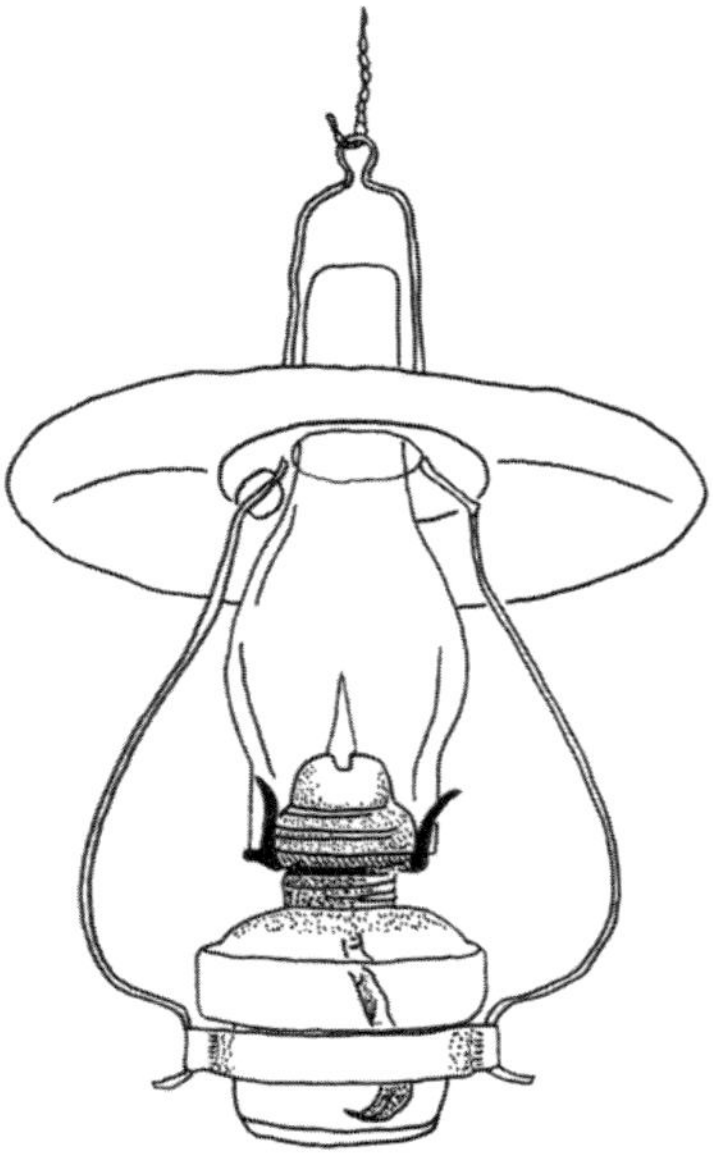

な怖い神様がいるんだったら「もう二度と行かない」と言って、翌年から来なくなったという。悪いことをしてしまった。

三軒めの家ではつい粗相もしてしまった。玄関から乱入して鉈鎌を振りまわしたとき、飾ってあった花瓶をたたき割ってしまったのである。だが、文句を言いたげな家主を一括。

「形あるものは、いつかはすっかぁとじゃ。文句があっとか？」

「ひぇーっ。なんちゅー、恐ろしか神様かい」

「子どもが怪我をせんごて、綺麗に片づけちょけよぉ！」

なんという傍若無人。まさに荒らぶる神様。とてもじゃないが、人間が太刀打ちできる存在ではない。

そんな荒々しい神様であったが、でも大人たちは、トイノカンサマの再訪を待ち望んでいたらしい。予定では一五軒の家を訪ねるはずだったが、あちこちで呼びとめられ、結局二七軒もの家に参上することになってしまった。

各家々で、「トイノカンサマ、お岳は寒かったでしょう」と焼酎を飲まされ、ようやく益救神社にたどりついたとき、ぼくらはもうすっかり酔っ払っていた。喉もガラガラになり、身体もクタクタに疲れきっていた。だが、心は満たされていた。やり終えた充実感で、ぼくらはその夜いい夢を見ながら、まるで子どものように爆睡した。化粧を落とすこともなく、翌日待ち受けている衝撃を、想像だにすることもなく……。

一夜明けて、ぼくらは愕然とした。なんとご祝儀にいただいたお金がないのである。二七軒も回ったのだから、かなりの金額になるはずである。万札を弾んでくれた家もあったのである。だが、着物の袖に入れたはずのお金は、跡形もなくすべて消え失せてしまっていたのである。

さらばスポーツ少年団

照葉樹林がモコモコと空へと立ち上がる五月、一湊小サッカースポーツ少年団を辞めた。振り返れば、なんと二〇年間も少年団の指導をしていたことになる。

突然発作的にやりはじめてはすぐに飽きてしまうという、そんな持続力とは無縁の者が二〇年間も続けてきたということは、その指導なるものがいかにいい加減なものであったかの証明ではないのか。初志を貫徹する能力をもたない者が、そんなに長い間責任ある立場に身をおいて良かったのだろうか。子どもたちに対して、つくづく申し訳ないことをしてしまったのではないか……。

そんなことを思いながらも、人間ってやつは身勝手なものである。いざ辞める日が近づくと、未練が後ろ髪を引っ張りはじめた。これまで沈黙していた二〇年間が、一斉にその楽しかった思い出を語りはじめたのである。これには参った。子どもたちとのつきあいは、本当に心躍るものだったから……。

だがそれでもぼくは、すっぱりと身をひくことにした。いじいじと顧問的立場にでも身を置こうかなと思わないわけでもなかったが、それもやめた。新しい指導者にとって、旧い指導者は癌だからである。どんな馬鹿な指導者だって、二〇年もやっていれば一種の権威になってしまう。新しい酒は新しい革袋に盛るべきなのである。

もっとも、ぼくがすっぱりと足を洗えた一番の理由は、モトヨシ（夏田元良）という素晴らしい後継者に恵まれたからである。うれしいことに、モトヨシは第一期生なのだった。ぼくが最初に教えた子どもが、これから指導者として後を引き継いでくれる。そんなうれしいことが他にあるだろうか。ぼくはモトヨシに、「最低一〇年は続けてくれ」とお願いして、バトンタッチしたのだった。

最初は大変だろう。考えすぎたり、無駄な力を入れすぎたり、疲れ果てるだろう。だが、乗り越えていってほしい。なぜならそれは誰のためでもない。自分のためだからである。教えるということは、より深く自分が学ぶということなのだから、結局は自分のためなのである。子どもに教えるということは、子どもに教えられるということであり、互いに学びあい教えあうというその関係は、上下の関係ではなく対等の関係なのだ。だから、何よりも褒めることを優先してほしい。叱るよりも褒めたほうが、子どもたちは絶対に伸びる！　それはぼくが、二〇年間の経験で得た確かなことのひとつである。

そしてもうひとつのぼくのこだわりは、子どもたちに自分を監督とは呼ばせなかったことである。そもそも監督という言葉があまり好きではなかったこともあるが、お互いに名前を呼び合うことによって、まずは対等の関係をつくり出したかったのである。もちろんそれを強制したわけではなかったが、子どもたちは気軽にぼくを「サブ」と呼んでくれた（さすがに保護者の方々は、指導者を呼び捨てにすることに、かなり困惑していたようであるが……）。

子どもたちは無限の可能性を内蔵している。それを指導者の固定観念や、押しつけがましい指導で抹殺してはならない。子どもたちの柔軟な発想を、いつでも受信可能にしておくためにも、お互いが同レベルだという関係が重要なのだと思っていたからである。

しかし、十数年経って、ぼくの呼び方が変わった。「サブ」から「サブちゃん」になったのである。なぜそう呼ばれるようになったのかよくわからなかったが、あるときハタと気づいた。それは、いつのまにか歳をとってしまったぼくへの労わりの表現だったのである。腰痛が悪化し、もう子どもたちと同等に動き回れなくなってきていたぼくは、明らかにレベルダウンしていたのだ。

そのころである。「そろそろ辞めどきだな」と意識しはじめたのは……。ぼくはもう、子どもたちと対等の関係ではなくなったのである。

振り返ってみると、中学生のときにサッカーの魅力にとりつかれて以来、ぼくの人生の縦糸はサッカー一色に染まった。刹那的で発作的なぼくが、飽きることなくサッカーと関わりつづけてきたのは、よほど相性がよかったのだろう。

なぜそんなに、はまってしまったのか？

その一番の理由は、サッカーの「全人格性」にあるような気がする。

サッカーのプレーは、誰かに命令されて動くのではない。すべて自分で判断し、自分で決定しなければならない。たぶんそのことが大きな魅力だったのだろう。そのことは、野球と比較してみるとよくわかる。野球の場合、選手は次のプレーを選べない。ヒッティングなのかバントなのかは、監督が決定する。監督の命令は絶対なのである。また打ち上げられたフライは必ず捕球しなければならない。わざと落球するという方法もあるかもしれないが、それでも方法は二通りである。

サッカーだと、飛んできたボールの処理方法は、無数にある。空中で処理するのか、地面に落してからパスするのか、キープするのか。その時相手が近くにいるのか遠くにいるのかで、その処理方法は異なってくる。どう処理するのか？　それは刻々変化する状況の中で、そのつど選手が自ら選びとっていくしかないのである。

さらにいえば、野球の場合選手は一個の人格ではなく、一個のパーツにすぎない。通用しなければすぐに交代させられるし、あるいは最初からワンポイントリリーフとして起用される。つまり選手は勝つという目的のために使い捨てされる消耗品としての部品なのである。選手の人格を尊重していては、総力戦は戦えないからである。

人に命令されることの大嫌いなぼくは、たぶんその点に合点がいったのだろう。試合がはじまれば誰に命令されることもなく、ぼくはぼくの全人格をかけて、ベストをつくせるのである。手を使えない、ということも魅力的だった。脚で思いきりボールを蹴るとき、ある種の爽快感とともに、原始的な感覚が甦ってくるのだった。それはまるで、手を使いすぎてしまった人類への、カウンターキックのようにも思えたのである。

高校一年生になったとき、屋久島高校にはサッカー部がなかったので、同級生三人で同好会を結成した。だが当時は野球部全盛時代で、すぐにグラウンドを使わせてもらえなかった。だからいつも、まずはロードへと飛び出した。顧問の先生が走るのが大好きだったせいもあって、毎日一〇キロほどのランニングがウォーミングアップだった。当時の屋久島は、サトウキビ栽培が奨励されていて、道の両脇にはキビ畑が広がっていた。収穫時期ともなると、「栄養補給！」と称しては畑の中に走り込み、サトウキビの甘い汁をむさぼり吸ったものである。

三年生になったとき、同好会は二〇人ほどに増えていたが、残念ながら部への昇格を果たせずに卒業した。

大学時代は、ひょんなことから沖電気の同好会チームに入れてもらった。「アーセナルス・ワンダラーズ」というなんともふざけた名前のチームだったが、東京の中央線沿線にあるホームグラウンドは、なんと全面に天然芝が張られていた。それまで土のグラウンドしか知らなかったぼくにとって、そこはまさに天国だった。どんなに激しいタックルをかましても、擦り傷ひとつしないのである。

だが日曜日ごとに組まれる試合は、多摩川や荒川の河川敷にある土のグラウンドで行うことが多く、いつものようにタックルをかますと、太ももは血だらけになるのだった。サッカーとは、本来芝生の上でやるスポーツなのだということを、身をもって思い知らされたものである。

その時代、思い出に残る試合がある。前年度高校総体や高校選手権などの三冠に輝き、後に人気漫画「赤き血のイレブン」のモデルとなった埼玉県の浦和南高校と、一戦交えるチャンスが巡ってきたのである。たまたま、ぼくらのチーム内に同校出身の先輩がいたということで実現した練習試合ではあったが……。

こともあろうか、ぼくらのチームが先制した。だがそれが間違いのもとだった。開始早々一分足らずのできごとで、たぶん相手も油断していたのだろう。それで目を覚ました浦和南イレブンは、まさに無敵の戦士だった。いったい何点取られたのかよく憶えていない。一二、三点もたたき込まれただろうか。それほど、ぼくらのチームが弱かったのだと言えなくもないが、「頂点」に立つということがどんなにすごいことであるのかということを、まざまざと思い知らされた。

昭和五〇年、Uターンしたぼくは、後輩のトシミらと結託して、「ガラクターズ」を結成した。サッカー経験者だけではチームをつくることができず、かつての野球部員やど素人を加えての急造チームだった。寄せ集め集団「我楽多ーズ」は、その名のごとく弱かった。

島には高校がひとつしかなく、「練習相手になってやりたい」という思いもあって結成したのだが、毎回毎回完敗するものだから、高校側にとっては有難迷惑だったのかもしれない。試合が終わるたびに「いつも相手して頂いてありがとうございます」と顧問から頭をさげられるのがなんとも面映ゆかった。だがそれでも、めげないのがガラクターズの取り柄。日曜日ごとに試合を申し込んだ。

二年後、チームの名前を「ルート11」（一一人の道）と改め、心機一転、出直すことにした。それからである。ようやく高校生と互角のチームとなり、彼らに負けないようになって、はじめて熊毛地区大会を突破、県大会にも出場できるようになった。名は体を表すということも、目標を設定して努力すれば報われるということも、身をもって知った三〇代であった。

四〇代になってからは、飲んだ勢いで「赤鬼」というチームを結成した。若き日の仲間たちと立ち上げたのだが、最初の試合で故障者が続出。かつてＭｒ・イレブンと呼ばれた男さえ「腹が邪魔して足もとのボールが見えん」という体たらく。お笑い系のチーム誕生となった。

そして、四九歳のとき、若者から四〇代までのチームが一堂に集うサッカー大会を開催したときのこと。当然種子島からも四〇代のチームが来るはずだったが、われら赤鬼に恐れをなして棄権した（というのは真っ赤な嘘で、船が欠航したので来れなかった）。

急遽、ぼくが監督を務める「ウイルスＯ《オー》一五八」の二軍選手を中心に「インフルエンザ」という即席チームを結成し、対戦することとなった。

「若い者には、負けられん！」

異常にハッスルしたぼくは、前半五分左サイドから上がってきたセンタリングに、渾身のヘディングをかました。ボールは見事にゴールネットを揺らした。だが残念ながらぼくは、その人生最後のゴールを見ることができなかった。

なぜなら、ヘディングをした直後、顔面に衝撃を受けて、地面に崩れ落ちたからである。どうやらキーパーの頭が、ぼくの頬にヒットしたらしい。グラウンドの外へと運び出され、水道水で頭を冷やしていたら、突然鼻から大量の血が噴き出してきた。

病院での診断は、「頬骨陥没骨折」であった。

人生とは、つくづくおもしろいものである。その時頬骨を骨折したことによって、ぼくはサッカー人生にピリオドを打った。だが、鹿児島の病院で入院生活をしているうちに、突然「CDを作ろう」と思い立ったのである。

それは、装着された固定ボルトのせいで、術後しばらく口がほとんど開かなくなり、「もしこのまま口が開かなかったら何が一番心残りだろう」と考えたときに、たどりついた新たなフィールドだった。

以前から、歌には関心があったが、CDを作ろうなんて夢にも思ったことなどないのに、不思議な話である。陥没骨折によって、ぼくはこれまで自分が考えたこともない「自己表現手段」を見出したのである。

生きるということは、与えられた命を、この限られた時空の中で、どう表現していくのか探し求める旅である。ぼくの場合、たまたまそのひとつの表現手段が、サッカーだったのだろう。

サッカーに関わることによってぼくは多くの子どもたちや友人たちと出会い、さまざまなことを体験することによって、ぼくという人間を形作ってきた。何と出会うかは、人それぞれである。だからこそ、出会いというものは大切にしなければならない。

少年団の子どもたちとの思い出は尽きない。

ケンイチは、四年生のときからAチームのレギュラーに選ばれるほど才能豊かだった。その彼が六年生になり、鹿児島の市内のチームと対戦したときのこと。試合後、「あの男を叩きに行かせてくれ！」と言い出した。訳を聞くと、試合中何度も「田舎者が！」と罵声を浴びせられ、接触するたびに肘鉄を喰らわされたという。試合自体は、ケンイチが一人で四点も叩き込み勝利していた。だが彼は我慢できなかったのだ。島人だからというだけで、いわれなき差別を受けたことに。一緒に殴りに行きたい衝動に駆られながらも、背後から抱きかかえて押し止めていると、ケンイチは怒りで身体をぶるぶるとふるわせながら、涙をポロポロとこぼすのだった。

ラーマの涙も忘れられない。直前の試合で負傷し、決勝戦に出られなかったラーマは、負けが決まった途端、大声で泣きはじめた。自分が出ていれば負けることはなかったという思いと、県体出場を逃した悔しさで、彼は泣きつづけた。家に帰ってからもひと晩中泣いていた、と後日ご両親から聞いた。

四年生で一番身体の小さかったナギは、おませな少年だった。練習前に、腕時計など危ないものは外すようにと指示したときのこと。ちょこちょことぼくのところにやってきて「ぼく、もっと危ないものを持っているんだけど……」という。取り外すようにいうと「外せないんだよ」と股間を指差す。意味がわからず首をかしげていると、「チンチンだよ」と言って、ニタッと笑った。

カズトは、喧嘩の達人だった。安房に試合に行ったときのこと。気がつくと彼の姿が見当たらない。校舎の背後で見かけたというので探しに行くと、安房小の六年生の胸倉を摑んで、「この学校で一番強か奴を出せ」と脅していた。四年生の小さなカズトが……。いやはや。

ショージは泣き虫だったが、どうやったら人を笑わせることができるか、そんなことばかり考えていた。試合では今ひとつ元気がなかったが、夜はセンターフォワードだった。旅館の舞台でもちネタを披露するショージのパフォーマンスに、ぼくらは笑い転げたものである。

そんな個性豊かな子どもたちが、一斉に動き出したら、もう止められない。桜島大会に連れていったときのことだった。「もしこの試合に勝ったら、天文館むじゃきの（かき氷）白熊を食べさせてあげるよ」と言ったら、なんと奮起して勝利してしまった。

ところがむじゃきは、満席！　違う店へ連れていこうとしたのだが、もうすでに子どもたちは、蜘蛛の子を散らすように店内へと駆け込み、アチコチのテーブルを取り囲んでいる。そして大声で叫びはじめた。

「サブちゃん、ここもうすぐ終わるよ！」

「こっちも！　もう少しだよぉ！」

そんなパワフルな子どもたちから、じつにたくさんのエネルギーを貰った。ありがとう。

ぼくの、一湊小サッカースポーツ少年団よ、さらば！

ウンコの話

犬と散歩していて、毎度感心するのは、その糞の仕方の迅速さである。道端の草むらにソサクサと足場を固めたかと思うと、なんとわずか一〇秒足らずでもうことを終えている。そして尻も拭わず、何事もなかったかのような顔で、再び軽やかに歩き出す。これを「あざやか」といわずして何をあざやかというだろうか。

人間の場合、とてもじゃないがこうはいかない。まずはトイレを探さなければならない。いきなり人前で尻をさらけ出してしゃがみ込んだりしたら、一生変質者呼ばわりされてしまう。だからどんなに切羽詰まっていたとしても、まずはトイレを探さなければならないのである。だが公衆便所なんてものが、そんなにウンよく近くにあるわけはない。ならばパチンコ屋かデパートか、はたまた喫茶店か。「あった！」。チモトの看板が見えた。だがいかんせん金の持ち合わせがない。

「クソッ！」

必死にこらえながら、振動を与えないように小走りに走る。脂汗をにじませながら右往左往しつつ、なんとか駅の便所にたどりつき、ホッとして鍵をかける（もちろんそんなときに限ってみんなふさがっていて絶体絶命のときもあるし、よしんば空いていても鍵が掛からず愕然とするときもある。どうして日本人は鍵の掛かる密室でないと安心して用を足せないのだろうか。海外では平然と開けっぱなしで行う国もあるというのに……）。

だがトイレに駆け込んで、無事に鍵を掛けられたからといって、まだ気を抜くわけにはいかない。たとえばそれが寒い季節であったりすると、それからが正念場である。まずはコートを脱いで置き場所を探し（ドアにフックがあればいいのだが、付いてないと大変だ。床周りは汚いのが相場だから、最悪の場合は頭の上に乗せるしかない）、長めのマフラーの先端が便器に触れないようにグルグルと首に巻き付け、手袋をはずして口にくわえ、いよいよベルトをはずし、ズボンのチャック（今はジッパーあるいはファスナーといわないと若い人たちには通じないようであるが、チャックが一般的になる前までは、三個も四個もあるボタンをはずさなければならなかったので、さらにもどかしかった）を下げ、上着やセーターや丸首シャツをたくし上げて両脇で挟み、そして一気にズボンとパッチとパンツの三点セットをまとめて膝までずり下げ、ようやく準備完了となる。いやまだ未完成であった。しゃがみながらズボンの裾を両手で持ち上げないと、先客たちの残留物が付着してしまう。

いやはやなんとも七面倒クサイ手順をフンで、ようやく念願のフン射！　ホッと溜め息をつき一件落着、となるかと思いきや、もうひとつ最後の難関が待ち受けている。なんと、てっきりあるとばかり思っていたのに、ないのだ。ホルダーに紙が……。どうしよう！

「汝、カミに見離されたら、自らの手でウンをつかみなさい。アーメン」

いやはや、人間という動物は、いつの間にこんなにもたくさんの付属物を身につけてしまったのだろう。


かつてバングラデシュで数年暮らしたことのある人から聞いた話であるが、向こうでは大便をしたあと紙は使わず、なんと手で直接拭くのだそうである。そしてその手を、トイレの隅に置いてある水差しの水で洗い流すのだという。最初のうちは戸惑ったが、慣れてくると最良の方法のように思われ、日本に帰ってきてからもしばらくの間、彼は持ち帰ってきたその水差しを使っていたそうである（やがて父親にみつかって非難され、世間体が悪いからと禁止されるまでは……）。

ぼくはその話を聞いて「いいなぁ」と思った。それこそ「エコ」というものである。かれの話にはもうひとつ感動的な話があって、それは幼い子どもたちが一緒に連れ立って野糞をしに行くという話だった。そこでは野糞は見慣れた風景なのだそうであるが、なんとそのウンコを犬が食べに来るのだという。腹を空かせた犬は、背後でハァハァ息をしながら、今か今かと出てくるのを待っているのだそうだ。

幼子たちはそれが怖いものだから、お互い向かい合ってしゃがみ、片手に石を持って背後から近づいてくる犬を追い払いながら、一緒に野糞をするのだという。

なんていい話だろう。いつの日かモンゴルの大草原で野糞をしてみたいものだと思いつづけているが、念願叶った暁には、ぜひバングラデシュまで脚をのばし、ひと踏ん張りしてみたいものである。

小学生のころ、「嫌だなぁー」と思うことがあった。それは、肥桶を担いでいる父親の姿で、そんな父の姿を友だちに見られるのが、とても恥ずかしかった。臭くて汚い糞尿を担いでいる父までもが、なんだか汚らわしく思えたのかもしれない。なんとも愚かな話であるが、そのときの小学生のぼくよりも、ひょっとしたら現代人のほうがもっと、排泄物を汚物だと思っているかもしれない。臭い物は一気に見えない所へ流してしまおうという水洗便所は、一見清潔で快適だが、ぼくらは自らの排泄物に対して、もっと責任をもつべきだと思う。

ぼくらの身体は、入り口と出口からできている。出口があって、完結する。もし出口がなければ、たちまちのうちに糞詰まりになって、大変なことになってしまう。ところがぼくらの日常は、入口のことしか考えていないのでないか。それはあたかも、ぼくらの生と死に対する考え方とも符合しているような気がする。

人生にも、入り口と出口がある。入り口である誕生日は、ワクワクしながら待ちわび、みんなで盛大に祝うが、出口に関しては、誰もがなるべく見ないふりをしている。

どっちの場合でも、出口は終わりではない。それは、また新しい旅への入り口である。糞尿は、土に返せばやがて菌類やいろんな植物たちの栄養源になっていくし、荼毘に付されたぼくらの肉体も、原子や分子となって空中にばら撒かれ、また新たな結合を繰り返して違うものになっていく。ぼくらの命は、たまたま今人間の形をしているだけの話で、死んだら人間という形から解放され、新たな結合体へと変化していくのである。

だから、次なるもののために、ぼくらは出口に対してもっと責任をもつべきなのである。

伊沢正名という人がいる。彼は菌類や隠花植物を得意とする自然写真家で、平凡社から出版されている『日本の野生植物――コケ』の写真は、そのほぼすべてが彼の写真である。また同社の

『日本変形菌類図鑑』は、すべて彼が撮影した写真で構成された図鑑で、その世界では第一人者である。それだけでも十分尊敬に値するのだが、ぼくが彼に傾倒するのは、彼が「糞士師《ふんどし》」だからである。

糞士師とは何か？　それは彼が自らに付けたネーミングで、「肉体と大地とをひとつながりのものととらえる思想の実践者」という意味合いを濃縮しての造語である。ユーモアたっぷりの自称であるが、名乗ってしまえば誰だって成れるというシロモノではない。「千日行」という難行苦行を達成した者のみが、はじめて名乗ることを許される称号なのである。

では、その千日行とはいったい何かというと（あまり大きな声では言えないが）、何を隠そう、「野糞」なのである。

一九七四年一月から野糞をしはじめた彼は、途中幾度かの中断にもめげず、ついに二〇〇三年二月二五日「野糞連続一千日」という偉業を達成したのである。

まるで現代の即身仏ともいえる伊沢正名という変人（変人こそが世界を変えていく！）の、その大偉業達成に感動したぼくは、彼が来島した折りに友人らに呼びかけ、「千日行達成記念パーティ」を開催した。もちろんいつものように一品持ち寄りとしたが、テーマを「ウンコ風一品料理」に限定した。

テーブルの上に並べられた一〇種類ほどの作品は、どれもが目をそむけたくなるような一品だった。写真家の大ちゃんは、カボチャをすり潰して巨大なトグロを作ってきた。尻を拭くツワブキの葉っぱに乗せ、キュウリでこしらえたフンコロガシまで添えられていた。

ぼくは、塩を卵白で固めて実物大のお尻を作り、天を向いた肛門からはみ出ているタコ糸を引っ張ると、フランクフルトが次から次と出てくる一品を作った（後で、中にカレーを仕込んでおけばよかったと後悔したが、はじめてのことなので細部にまで知恵が回らなかった）。

ワッシーはさすが女の子らしく、デザートのケーキを作ってきた。箱を開けると、特製ウンコケーキが現れ、ご丁寧に銀蝿が数匹とまっていた。

そんなウンコ風料理の中で特に絶品だったのが、ター君の挽肉でこさえた一品だった。黒ずんで少し捻りの加えられた肉の塊には、未消化のトウモロコシがところどころに散りばめられ、黄色い粘液状のスープがかけられていた。あまりのリアルさに、「食べ物とウンコは同一」という伊沢氏も、さすがに箸をつけるのに躊躇していた。いやはや、なんとも凄まじいパーティであった。

その後、糞土師伊沢正名は、二〇〇五年一一月には二千日行を達成。翌年一二月には、なんと三三年間かけての大記録＝通算一万回を樹立した。もちろん彼は今も、レコードを更新中である。

なぜ彼は、野糞をしつづけるのか？　それは「ウンコを通して自然の摂理を知り、現代人の生活を問い直す」という哲学的命題を解明するためには「野糞道」を極めることによってしか成就できないと悟ったからである。

彼は力説する「ウンコが地球を救う!」と。

そそられた方は、ぜひ彼の著書『くう・ねる・のぐそ』(山と溪谷社)を入手してほしいと思う。それは、現代に生きるぼくらが今読むべき必読書である。また講演会などを聞く幸ウンに恵まれた方は、彼の口から放たれるウン蓄に耳を傾けてほしいものである。

そして願わくば、近くの森へと出かけ、ただちに野糞を実践してほしいと思う。ウンが良ければ、未知なる世界が見えてくることでしょう。


幼いころ、便所は怖いところだった。ポットン便所に跨っていると、下から手が出てきてお尻を撫でられそうな気がして落ち着かなかった。それは父から「絶対に便所に唾や痰を吐いてはいけない」と諭されていたからだった。便所の神様は怖い神様で、そんなことをしたら「祟られるぞ!」と常々脅されていたのである。そんな幼少体験からか、ぼくは野糞がお気に入りだった。木々に囲まれ、大地の上に踏ん張っていると妙な安心感があった。

ところが、現代の子どもたちは、座椅子式の便座に腰掛けてすることが当たり前になっているからか、踏ん張って用を足すことができないらしい。便器周りを汚すから小便も座ってしなさいとしつけられた子どもに至っては、野外で立小便さえできない。信じられない話だが、キャンプスクールのときどうしてもできない男の子がいて、町なかまで連れ帰ってきたことがあった。たかだか数十年という歳月の中で、こんなにも生活様式は変化してしまうのである。いったい一〇〇年後には、ぼくらはどんなスタイルでウンコをしているのだろうか。

ウンコの話は際限がない。せめて最後に可愛い話をしてフン切りをつけよう。それは、ぼくが小学五年のころのことである。ふたつ年下のマッカッちゃんの家へ遊びに行くと、彼の母がうろたえていた。「一〇円玉を呑み込んだ！」と。さあ大変だということで、ぼくは捜索隊長を買って出た。空き地に連れていってしゃがませたが、残念ながらその日はウンコが出なかった。翌日、サンサンと太陽が照りつけるなか、ひり出されたウンコを棒切れでかき回していたら、「あった！」。胃や腸内を通るうちに磨かれたのだろう。一〇円玉はピカピカに輝いていた。

その一〇円玉を持って、「雀の卵」というお菓子を買いに行った。一個五〇銭だったので、二〇個も買えた。

二人で仲良く半分こして食べながら、ぼくはマッカッちゃんに言った。

「また呑み込んだら、言ってね」

「ウン！」

裸足で歩く

最近、裸足で歩くのに、はまっている。

裸足になるとホッとする。心が解放されたようで気持ちがいい。

そもそもぼくは一年中ビーチサンダルを履いているので（先だって福岡までその恰好で出掛けたら、娘に呆れられた）、誰も気にもとめないと思っていたが、裸足で犬と散歩していると、みんなに怪訝な顔をされる。

「えけんしたとか？」

「また、おかしゅうなったとか？」

よっぽど「裸足」というのは、異常に映るらしい。

だがそれは、勘違いというものである。

人類は、約四〇〇万年も前に、二本足で立ち上がって以来、ずうーっと長い間、裸足で過ごしてきたのだ。現存している世界最古の履物は、エジプトの王家の谷から掘り出された「サンダル」だそうだから、人類が履物を履きはじめたのはそんなに古い話ではないのだ。たかだか三五〇〇年くらいの歴史しかない。ましてや靴を履くようになったのなんて、ほんの最近の話だ。

履物の専門家によると、履物には、開放的な「サンダル」と、革袋から発展した閉塞的な「靴」の二大起源があるらしい。日本の「草履」や「ワラジ」や「下駄」は前者のサンダルタイプで、それが日本の履物の主流だった。日本人の大多数が「靴」を履くようになったのは戦後のことだから、つまり、ぼくらの「靴の歴史」はたった「五〇年」そこそこの歴史しかないのである。

だから本当は、靴を履いている人を見て、

「えっ、どうしてそんなものを履いているの？」

と尋ねるのが、歴史的に見ると正当な疑問なのだ。


裸足になると気持ちがいい。じつに気持ちが良くて、遠い昔の記憶や風景がよみがえってくる。だが、痛い。

でも痛いけど、気持ちがいい。

じつはそれがいいのである。痛いとか、熱いとかいう刺激を感じることによって、脳は活性化するのである。

レオナルド・ダ・ヴィンチは、足を「人間工学上の最高傑作」と賞賛した。一対の足には五二本の骨と、六四個の筋肉、七六カ所の間節、一〇七のじん帯があるという。足は、全身を支え、歩行という運動をつかさどり、また第二の心臓といわれるごとく、筋肉のポンプで血液を心臓に送り返している。

そういう重要な役割を担っている足に、靴を履かせるということは、一見ガードして良いように思えるが、じつは悪い影響のほうが多いのだそうである。なぜかというに、どうやら日本人の八割もの人が、足に合わない靴を履いているらしいのだ。

足のサイズは、「足長」と「足囲」で決まる。「足囲」は、A、B、C、D、E、EE、EEE、EEEE、F、Gと、一〇段階のサイズがJIS規格で決められている。だがほとんどの人がそんなものは考慮せず、「足長」のサイズだけで靴を選んでいる。加えて、つま先の形にも「エジプト型」「ギリシャ型」「スクエア型」などがあり、偏平足もいれば甲高の人、幅の広い人もいるわけだから、合わないのが当たり前なのである。人は、ピッタリの靴を誂えてもらわない限り、自分に合った靴など、めったなことでは履けないのである。

足に合わない靴を履きつづけていると、どうなるか。だんだん足の形がゆがみ、血液の流れが悪くなり、ついに姿勢も悪くなって、やがては身体全体の調子が狂っていくことになるらしい。

もっとも、そんな小難しいことを考えて裸足になっているわけではない。ただ裸足になりたいから裸足になっているのであるが、何か理由を見つけておかないと、世間の奇異の目に耐えられないのである。

気の小さいぼくとしては……。


ところで、裸足になってみて、気づいたことがある。それは、足の裏で一番硬いところは「踵」だという事実である。

最初のうちは、砕石の欠片などを踏むと痛いのは、裸足歩行に慣れていないからだ、と思っていた。だがそうではなかった。恐る恐る歩いていたから痛かったのである。盗人のように抜き足差し足忍び足で歩くと、足はつま先から着地することになる。つまり弱い部分から着地するから、痛いのだ。本来頑丈な踵からまず着地すれば、たいして痛くはないのである。

そのことに気づくと、少々の小石など屁とも思わなくなった。踵着地歩行で颯爽と歩いていると、いつのまにか背筋がピンと伸びてきて、自分がまるでヒーローにでもなったような、痛快な気分になってくるから不思議だ。

走ってみる。爽快だ。

ふと気が付けば、アベベに変身している。「背を立て、黙々と走る、はだしの英雄」、アベベに……。

一九六〇年、彼はローマ・オリンピックのマラソン競技で、二時間一五分一六秒という、当時の世界最高記録を出して優勝した。そのとき、彼は何も履いていなかった。靴はもちろん、ビーチサンダルも何も履いていなかった。なんと裸足で走りぬいたのだった。四二・一九五キロの長い道のりを。

すごい話ではないか。かつて自分の国を侵略したイタリアの、その首都ローマを、「裸足」で制覇したのだ！

当時世界のマスコミは、アベベがエチオピアの宿怨を晴らしたことを、興奮ぎみに伝えたという。

余談かつ余計な話であるが、その興奮のるつぼの中、一人醒めた男がいた。一九四九年にスポーツシューズ専門メーカー「オニツカ」〈後のアシックス〉を創立した男、鬼塚喜八郎である。「裸足で世界新記録？　もしまた次のマラソンも裸足で走って優勝したら、大変だ！　靴を履くより裸足のほうが速いということになったら、おまんまの食いあげじゃないか」、と彼が思ったのかどうか知らないが、彼の行動は迅速だった。なんとその九ヶ月後、日本で開催された毎日マラソンで、鬼塚は嫌がるアベベに靴を履かせて走らせたのだった。なんと余計なことをしてくれたものかと思う。もしそのとき、そしてその後の東京オリンピックを、アベベが裸足で走っていたなら、人はもっと早く靴から解放されていただろうに……。

ぼくは、小学六年生のときまで裸足で過ごした。一応正月に新しい下駄を買っては貰うのだが、それは晴れの日用だった。だから、普段は通学するにも、遊びに行くにも、いつも裸足だった。当時、道はまだ舗装されてなくて、晴天が続くと土の道には土埃りが積もり、歩くたびに足の指の間からふわふわと埃りが噴出し気持ち良かった。雨もへっちゃらだった。濡れたってどうってことはないのである。雨上がりのべちゃべちゃ道も苦にならなかった。水たまりに映る白い雲を、幼なじみと蹴散らしながら歩いたものである。

だから、足の裏は頑丈で、ときたま釘やガラスを踏んだりアチコチぶつけたりもしたが、嫌だと思うことはなかった。ただ、家に上がるときはその都度洗わなければならないので、少々面倒なだけだった。

だが、うちのカミさんにとっては、裸足は苦痛以外の何物でもなかったようだ。彼女は屋久島生まれなのだが、生まれてすぐ長崎の伊王島へと移住した。そして父親が炭鉱夫を辞める小学五年生まで、そこで過ごした。炭鉱の仕事は危険と隣り合わせだったが、その暮らしぶりは文化的で、屋久島の暮らしぶりとは雲泥の差があった。

小学六年生のとき、屋久島の楠川小学校へ転校してきたカミさんは仰天した。みんな裸足だったからである。しかも、さらに信じられないことには、「靴を履いて良かぶっちょる」と言われ、なんと靴を脱がされてしまったのである。それまで裸足になったことのなかったカミさんの足は、ちょっとしたことで傷つき、冬になると霜焼けで真っ赤に腫れ上がってしまった。靴を脱がされることは、カミさんにとっては屈辱的なことだったのである。

一度文化的で便利な暮らしが身についてしまうとなかなかもとの生活には戻れない。ひょっとしたら現代人の誰もが、裸足になることを屈辱的だと思ったり、非文化的で野蛮な行為だと思っているのかもしれない。

だがじつはぼくらは今、倦むことなく便利さと快適さを追い求めつづける現代物質文明によって、本来の姿とはずいぶんかけ離れたところへと連れ去られてきてしまっているのである。そのことは、「道」ひとつ取ってみても一目瞭然だろう。本来、道は人間が歩くためのものだった。ところが今道は、すっかり車に占有されてしまった。歩道橋を歩くとき、しみじみとそのことを痛感する。

車から道を取り戻すことは、なかなか大変なことかもしれない。だが、靴から足を取り戻すことはすぐにでもできる。一度裸足になって歩いてみるといい。ぼくらがいかに、自然からかけ離れた存在になってしまっているかがよくわかる。

アスファルト舗装は、無表情だ。裸足で歩いてみるとそのことがよくわかる。草の生えた土の道は、足に優しいだけではない。足の裏を通じて土の表情がもろに伝わってくる。森の中を裸足で歩くと、その度合いはさらに深まる（もちろんそれは、縄文杉コースのような板を張って整備された道ではなく、たとえば旧宮之浦歩道のような古い山道でないと伝わってはこない）。

靴を履いているのと裸足では、まるで感じ方が違うのがわかるだろう。靴の裏には受容器はないが、足の裏には微妙なセンサーがいくつも取りつけられているのである。降り積もった落ち葉やそこに息づく微小な命たちの息づかいまでもが、静かに伝わってくる。足の裏から、森を感じることによって、ぼくらは森の声を聞き、森と深く交換し合い、そして森を理解するのである。

靴下を履き、登山靴を履いたうえに、しかも人工的に整備された木道の上を、ドタドタと歩いたのでは、ぼくらは真に森とつながることはできないのである。

世界遺産に登録されて以後、森の中の整備が急速に進んだ。山に入る人が増えて山道が荒れたので、整備する必要があったというが、それは本末転倒というものである。道が荒れてきたのなら、入山する人数を制限し、道が回復するのを待てばいいのである。それこそが世界遺産登録地にふさわしいあり方だと思うのだが、観光産業という激流は慎みも判断力も呑み込んで、とどまるところを知らない。

今ぼくらの時代は病んでいる。現代物質文明という病魔は、ぼくらの心を侵し、ぼくらの身体をもまた蝕んでいる。だがぼくらは、病魔に侵されているということすら気づかないほどに病んでいる。

まるで中毒患者のように、利便さと快適さを追い求めて暴走する日々の暮らしを根源から問い直し、不必要な物をすべて剝ぎ取ってみるという作業が、何よりもまず必要なことなのではないかと思うのである。

そのための第一歩として、さあ、あなたも裸足になってみませんか。

靴を脱ぎ捨て、裸足で大地を踏みしめて、自然と、そして新しい自分と向き合ってみませんか。

献血マニア

鹿児島に行くフェリーの中で知った顔に会うと、ぼくはすかさず、そいつを誘惑する。

「時間がある？　よかったら付き合ってよ。天文館にいい所があるんだ。若い女の子が居てネ、身体に触れてくれたりして……、おまけにコーヒーは飲み放題だし、それでもって無料ときてるんだから、もう『出血！』間違いなしのところだよ」

それで、ノコノコと付いてきた奴は、鼻血ブーならぬ、本当に「大出血」するはめになるのである。天文館の「献血ルーム」で……。何を隠そう、ぼくは「献血」マニアなのだ。

「初体験」がいつだったのか（政治家じゃないのに）、残念ながら記憶がない。だがぼくは一発で献血の虜になった。献血後数日が経過すると、なんともいえぬ爽快感が全身を駆け抜けたのである。「これだ！」と思った。血を採れば血は新しくなるのである。きっと、女性が男性より長生きするのは、毎月新しい血をつくりつづけているからに違いない。

以来ぼくは、鹿児島に行くたびに、せっせと天文館の献血ルームに足を運んだ。だがやんぬるかな、鹿児島に上がるタイミングと、献血のタイミングがなかなか合わないのである……。「四〇〇ミリリットル」の全血献血の場合、八四日以上の間隔を開けなければならないし、しかも一年に三回しか献血できない（八四日間の間隔なら年に四回はできる勘定だが、じつは「年間総献血量」というのが決まっていて、男は一二〇〇ミリリットル、女は八〇〇ミリリットル以内という採血基準が設けられている）からである。

当然、献血マニアのぼくとしては、より多くの回数をこなしたいわけだから、「二〇〇ミリリットル」献血に乗り換えればいいのかもしれないが（それだと四週間後の同じ曜日には次回の献血ができるし、年に六回もの献血が可能となる）、だが残念ながら、それは可能だけれどできない相談なのである。というのは、同じ血液型の血液であっても、一人ひとり微妙に異なっているからで、実際に輸血するときに幾人もの人の血液を混ぜてしまうと、それだけ輸血副作用の発生を高めてしまうことになるからである。つまり二〇〇ミリリットル献血の血液だと、感染症などの発生の確率が四〇〇ミリリットル献血の二倍になってしまうのである。

ぼくが今少々焦っているのは、歳をとるということがいろんな意味で残り少なくなるからで、献血とて例外ではないからである。「六九歳」が献血のタイムリミットなのだ。従ってぼくに残された年数は、あと一五年しかないのである。四〇〇ミリリットル献血だと、目一杯献血したとしても残りたった四五回しかできないのである。

そこで、ぼくが目をつけたのが、「成分献血」であった。成分献血というのは、血漿や血小板といった特定の成分だけを採血し、回復するのに時間のかかる赤血球は再び体内に戻してやる、というものである。

したがって身体への負担が軽く済み、採血間隔が短くてすむのである。わずか数分で勝負がつく四〇〇ミリリットルの全血献血と違って、五〇分ほども時間がかかるのが難点ではあるが、「二週間後」には、もう次回の献血ができるのである。うれしいではないか！

その成分献血には、「血漿献血」と「血小板献血」のふたつの方法があるが、ぼくがまず早急に試してみたかったのは、血小板献血であった。というのも血小板献血は、五四歳までしかできないことになっていて、ぼくはもうすでに五三歳を終えようとしていたからである。

なんとか時間をつくり、意気揚揚と献血ルームの階段を駆け上がった。いざ、成分献血！

ところが、いきなり出鼻をくじかれてしまった。

「四〇歳以上の人は心電図をとらせていただきます」という。いまだかつて心電図なるものをとったことがなかったので少々興奮し、ひょっとしたら心臓に毛が生えているのがバレるかもしれないと思い「毛が邪魔をして異常な数値が出たりしませんかね」、などと看護婦さんに軽口を叩く始末であった。

と、そこまではよかった。ところが、採血用のベッドに仰向けになり、選んだ映画のビデオをセットしてヘッドホーンをつけ、いよいよだなとスタンバイしていると、「先生からお話があるそうです」と、先ほどの看護婦さんが困ったような顔でぼくに告げた。

「何だろう」と思いベッドから降りていくと、くたびれた顔をした老ドクター、いわく。

「心臓に異常が見られます。精密検査を受けたほうがいいと思います」

「エッ?……」

「シンシツセイキガイシュウシュクが見られます」

「寝室で着替え就職?」

「心室性期外収縮です」

何のことはない。心臓の脈が乱れているとのこと。速い話、「不整脈」なのだという。

どうしてドクターという人たちは、そんな難しい言葉を使うのだろう。そりゃ仲間内で話すときには、それでもいいだろう。だが、ど素人の門外漢にそれはないと思う。「脈が乱れていますが、恋でもしていますか?」そんな冗談のひとつも交えながら、平易な言葉で話ができないものかと思う。

まぁ何はともあれ、精密検査が必要だというので、翌日市立病院へ行って検査をしてもらった。心電図をとり、エコーによる心臓の形質検査をし、さらに「二四時間」の心電図をとった。結果、かなりの頻度で不整脈が出現しているという。

少しショックであった。そしてかなり残念であった。というのも、五〇歳になってからフルマラソンを始めたぼくは、ちょうど今ノリノリの絶好調状態だったからである。ようやく念願の「サブフォー」(四時間を切ること、つまり三時間台でフルマラソンを走ること)に到達し、近いうちに「阿蘇スーパーカルデラマラソン」(阿蘇のカルデラを一周する、最大高低差五〇〇メートルの過酷な一〇〇キロマラソン)に挑戦したいと思っていた矢先だったからである。

それともうひとつ、ぼくには、すぐにでも達成したい目標があった。じつは昨年、五二歳にしてはじめて町の駅伝大会に呼ばれ、Bチームだったにもかかわらず「区間賞」をいただいた。それですっかり駅伝に目覚め、「一キロ＝三分二秒」というそのときの記録を、次の機会にはなんとかして「二分台」に乗せたいという欲が湧き上がってきたところだったのである。それまで、ゆっくりとマイペースでフルマラソンという長い距離を走り切るという練習しかしたことがなかったが、ちゃんとインターバル・トレーニングを積めば、二分台は射程距離内だという思いがあったからである。

ところがなんと、「そんなことはやめなさい」とドクターはノタマウのである。「もう五〇歳を過ぎているのだから、そんな追い込むような走りはやめて、楽しむような走り方をしなさい」、と諭すのである。

だが、ぼくは何も誰かと「競争」をしたいと思っているわけではないのである。自分の可能性を試してみたいだけの話なのである。歳をとったからという理由だけで、チャレンジする心意気までも否定されたのでは、かなわないなと思うのである。

でも、振り返ってみれば、少々無理が過ぎたのかもしれない。五〇歳になるまで、フルマラソンといえばテレビでただ観戦するだけのものだったのに、ここ三年間で九回もフルマラソンを走ってしまったのだから。しかも冬場の二カ月半ばかりの間に、三回という間隔で……。

加えて、いきなりの駅伝参加。心臓に負担が掛かるのも当然といえば当然の話ではある。

それからしばらくの間、ぼくは走るのをやめた。だが献血への衝動は抑えきれず、成分献血拒絶のショックから立ち直ると、気をとりなおして、四〇〇ミリリットル献血に行った。成分献血が駄目なら、今までどおり、全血献血で我慢すればいい。

ところがである。なんといきつけの献血ルームで「『本人確認』をさせてください」、というではないか。

「運転免許証か健康保険証、あるいはパスポートを見せてください」、と。

カチンときた。旅行中にそんなものを携帯しているわけがない。それにこちらとしては、善意で「献血」しているのだ。「売血」しているわけではないのである。無料出血サービスで血液を提供している善意の者に対して、身分証明書を出せとは何たる言い草！　ぼくは怒りでワナワナと震えた。あー、これでまた不整脈が随分悪化したに違いない。

「一部の献血者において、氏名等を偽って献血される方や、ご自身が感染症に感染しているかを確認するため献血される方がいらっしゃいます」。だから「本人確認をさせてください」という。まったくもって、なんとも筋違いの話である。まずは無条件で、やってきた人はすべて受け入れるべきではないのか。そうすることによって献血制度は成り立ってきたのではないのか。そのうえで、最先端の検査方法を導入して、きちんとチェックする体制をつくり上げればいいではないか。「問診票」を重視したいのなら、たとえばもっとプライバシーの守れる個室で、一対一で応対して作成すればいいし、「ウインドウ・ピリオド（ウイルス感染後、検査で感染が確認できない空白期間）」の問題にしたって、本人確認が防波堤になるわけがない。それはまた違う話で、感染の疑いをもつ人たちを救うシステムを、新たにつくり出さない限り解決できないことなのだと思う。

そもそも、わが国の血液事業の歴史を振り返ってみると、それは「売血」の歴史でもあった。

日本赤十字社は、一九五二年、血液センターの前身である「東京血液銀行業務所」を開業し、無償で血液を提供してもらう献血を呼びかけた。ところが相前後して生まれた民間の商業血液銀行が買血を始めたために、献血者の数は年とともに減少し、一九五八年には年間わずか二五四人にまで激減したという。

一九六四年には、輸血に供される血液の九七％が売血によるものだったという。当時四〇〇ミリリットルの血液の値段は一六五〇円。それは重労働の日当に相当する額であった。それで、月一回の売血が、週一回から週二回へとエスカレートし、「黄色い血」と呼ばれる質の悪い血液が流通するようになっていった……。

やがて売血は、感染症の問題も含めて社会問題化し、赤十字は「黄色い血」追放キャンペーンを展開。それを受けて政府も一九六四年、献血の推進を閣議で決定。こうして赤十字血液センターが各地に開設され、献血の受け入れ体制が充実。以来献血は年を追うごとに増えていき、やがて民間商業血液銀行も、一九七四年預血制度を廃止。一九九九年には売血が法的に全面禁止となり、これによりようやく献血一〇〇パーセント体制が確立したのである（目下献血者数は年間約五六〇万人にのぼっている）。

つまり、現在の献血制度は、一〇〇パーセント、人々の無償の善意によって成り立っているのである。ようやく半世紀をかけてここまで育ってきたのである。それなのに今、献血しようと思ってやってきた善意の人を疑ぐったり、遠ざけてしまうような、そんな愚挙を犯すようでは、先行き危ないなと思うのである。日本赤十字社が、「人間の尊厳を守るため、無償の原則に基づき血液事業を推進することが大切」だと本気で考えているのなら、「本人確認」などという愚かな真似事は、即刻止めたほうがいいと思うのである。そんなの、献血マニアのぼくとしても、おもしろくないもんね。

「やめようかな、もう嫌血《けんけつ》！」

なんてことを本気で考えたりもした。だがやめられないのがマニアのマニアたる所以なのだろう。前回の献血から九〇日も経過すると、血が騒ぐのである。

だが、歳をとると、鹿児島へ行く用事もだんだん少なくなってくる。

献血車は、離島へは年に一度しかやってこない。

そんなときに、しみじみと島暮らしの悲哀を感じるのである。島で暮らすことになんの不満もないのだが、年に三回きちんと献血できないことが、じつに悔しいのである。

現在ぼくの献血回数は、六八回。目標の一〇〇回には、まだまだ程遠い。

ぼくとフォークソング

フォークソングというものに出会ったのは、大学生のときだった。東京の四畳半のアパートでラジオの深夜放送を聞いていたら、高田渡の歌が流れてきた。

「鮪の刺身を食いたくなったと／人間みたいなことを女房が言った／言われてみるとついボクも人間めいて／鮪の刺身を夢みかけるのだが〈中略〉亭主も女房もお互いに鮪なのであって／地球の上はみんな鮪なのだ〈後略〉」(「鮪に鰯」)

びっくり仰天した。なんという詩だろう。なんという語り口だろう。それまで「歌」というものに抱いていたイメージが一変した。それは山之口貘の詩に高田渡が曲をつけたもので、ビキニ環礁での核実験を批判した歌だった。その内容にも驚いたが、下手くそな歌にもびっくりした。それまで歌というのは上手い人が唄うものだと思っていたから、そんな下手な歌がラジオから流れてくることに驚いた(だがその下手な歌は、聞くたびにぼくの心に沁み込んでいくのだった)。さらに「自衛隊に入ろう」というシニカルな反戦歌には、もっと驚いた。それは自衛隊を痛烈に風刺した歌だったが、「そんな歌を唄ってもいいんだ！」のほほんと生きてきたぼくにとって、それはまさにコペルニクス的カルチャーショックだった。

花の都東京、そこはイナカッペのぼくにとってあこがれの街だったが、とてもしんどい所でもあった。

キョウドウゲンソウ、フジョーリ、イデオロギー、ヒヨリミ、トロツキスト、ハンヨヨギ、クロヘル、ノンセクトラディカル……、大学で同世代の者たちがしゃべっている言葉が理解できず、喧騒と雑踏の中で、ぼくは寄る辺なき異邦人だった。

はじめて味わう孤独感と蹉跌の中、フォークソングは心の支えでもあり、ひとすじの希望のようにも思えた。

当時、新宿の西口地下広場では、土曜日の夜ともなると、べ平連による反戦のための街頭フォーク運動が展開されていた。世にいう西口フォークゲリラである。「友よ」、「We Shall Over Come」、「機動隊ブルース」などの歌が、通行人も巻き込んで大合唱された。歌のもつパワーを実感した瞬間だった。同じ歌をみんなで合唱しているだけなのに、身体中に力が漲ってくるのである。七〇年安保を目前にしての「インターナショナル」の大合唱は、そこに集う者たちに強い連帯意識を醸し出していった。

ところが、集会が盛り上がるにつれて危機感を増したときの政府は、ついに機動隊を投入。ガス弾を一斉射撃して参集していた人たちを蹴散らした。以後、人が集まるたびに「ここは広場ではありません。通路です」とのアナウンスが連呼され、西口広場からフォークゲリラは一掃されていった。

そのとき、ぼくは歌のもつ不思議な力に気づきながらも、歌を自己表現の手段にしようなどとは思いもしなかった。流行りの歌や替え歌などを唄うことで、日々蓄積していくうっぷんを晴らせれば、それで良かった。

ベトナム反戦運動や学生運動の大きなうねりは、やがて七〇年安保を頂点にしだいに先細りになっていったが、フォークソングもまた同様の道をたどった。反戦フォークや社会派フォークと呼ばれたラジカルな歌から、生活派フォークあるいは四畳半フォークと揶揄される歌へと変化し、あたかも一時代の終わりを告げるかのようだった。

ぼくの通っていた学部も、一年近く革マルというセクトが占拠してバリケード封鎖していたが、やがて学校側が機動隊出動を要請してバリ封鎖を解除。革マルを構内から排除して、ロックアウトを敢行した。なんと大学側が校舎から学生を締め出し、学校閉鎖に踏み切ったのである。ストライキなどに対抗して使用者側が職場から労働者を締め出す工場閉鎖ならいざ知らず、大学のロックアウトなんて前代未聞であった。だが、それほど当時の学生たちのパワーは凄まじかったのである。

そのころぼくは、楽譜の出版社でアルバイトをしていた。クラシックギター関係の小さな出版社だったが、社長は「これからはフォークソングが売れる！」と、他社に先立ち吉田拓郎の楽譜を出版した。思惑は当たり、以後、泉谷しげる、井上陽水、ガロ＆アリス等々、手当たり次第に出版した。

ある日、絶好調の社長から「フォーク全集」の編集をまかされたぼくは、その一環で「はしだのりひことクライマックス」というグループの東京旗揚げ公演を見に行った。そこで、「花嫁」を作曲した坂庭省悟という男を知ったのだが、まさかその彼とやがて一緒に曲作りをすることになるなんて、夢にも思わなかった。

屋久島に帰ってきて、五年ほど経ったときのこと。新聞で「笠木透とフォークス」というグループが鹿児島でコンサートをするということを知った。

笠木透という人に逢ったこともなく、そのグループについても皆目知らなかったが、彼の名前はずっと前から心に引っかかっていた。友人から借りたナターシャセブン（坂庭省悟もそのメンバーの一人だった）の「一〇七ソングブック」というレコードの中に、心に残る詩がいくつかあって、それらの楽曲を抽出して一本のテープに編集して聞いていたのであるが、その詩を書いたのが笠木透なのであった。

いつか機会があったらその人に逢いたいと願っていたので、鹿児島のコンサート会場へ飛んでいくと、なんとそのフォークスというグループの一員に、あの坂庭省悟がいてビックリした。その晩の打ち上げでぼくは花火のように弾け、コンサートの主催者である本村忠寛とも意気投合！　やがて彼と一緒に歌作りを始めることになるのだから、出会いというものはじつにおもしろいものである。

笠木透に逢いに行ったのは正解だった。はじめて見る彼は、まるでマウンテンゴリラのようで、想像していた容姿とは相当なギャップがあって面喰ったが、彼の詩は衝撃的だった。歌は下手クソだったが、一曲一曲に込められたメッセージは、強烈にぼくの心の琴線を揺さぶった。

永六輔は、笠木透の詩と出会い詩を書くのをやめたというが、ぼくは彼の詩と出会ったことで詩を書いてみたいと思った。そんな才能があるのかとかないのかとか自分に問う前に、「歌」というものを自己表現手段のひとつにしたいと、彼の歌を聞いて即座にそう思ったのである。

翌年、ぼくは屋久島でフォークスのコンサートを主催した。無名のフォーク・シンガーのチケットを販売するのは大変だったが、それでも「虹会」の仲間と共に、定員五〇〇人のホールを満杯にした。笠木透という男の作った歌を、フォークスの歌声を、島の人たちにもぜひ聞いてもらいたかったのである。

後になって知ったのだが、笠木透はあの「全日本フォークジャンボリー」（中津川フォークジャンボリー）の仕掛け人でもあった。それは、一九六九年から七一年にかけて開催された日本初の野外フェスティバルで、三回目には二万人以上を動員した伝説のイベントである。当時中津川労音事務局長をしていた笠木透が、近藤武典らと一緒に企画演出し開催したのであった。

だが当の笠木透は、その後フォークソングが商業主義へと堕していくのに絶望し「フィールド・フォーク」を提唱。恵那山山頂でのコンサートや木曽川に筏を浮かべての川下りコンサートなどを挙行して、商業フォークとは一線を画した。この日本という国では、マスコミに登場しないとまるで存在しないも同然である。だが笠木透は、断固として「無名のフォーク・シンガー」としての道を貫いたのである。

その笠木透が、コンサートを終えて屋久島を去る日、「詩を書いて送ってくれ」とポツリと言った。どんな思いつきでそんなことを言うのかよくわからなかったが、ぼくは言われるままに何篇かの詩を書いて送った。その中のひとつ「一本の樹」という詩に曲をつけてくれたのが、あの坂庭省悟なのであった。

「一本の樹」は、その後のぼくにとって、とても大切な曲となった。詩は大したことはないのだが、曲の素晴らしさに支えられてアチコチで歌われるようになり、やがてその歌が縁でぼくはター君という青年と出会うことになるのである。

ター君こと浦田剛大は、そのころ大学生だった（彼は、福岡のキャンプスクール「ウハウハ長尾」のメンバーで、屋久島でのアドベンチャーキャンプを決めたとき、「一本の樹」の作者に逢うことも屋久島行きの目的のひとつだったと後日話してくれた）。はじめて聞く彼のギターは、じつに小気味好い音色で心が弾んだ。

結局、そのときの出会いがきっかけとなって、彼とはその後一緒に歌を作ったり、やがて結成することになる「ビッグストーン」というバンドの編曲をしてもらったり、さらにはCD作りでも全面的にお世話になるのであるが、なんと極めつけは、ぼくの娘と結婚することになるのであった。

袖すり合うも他生の縁！　つかの間の人生の中で、出会いというものほど、劇的で不思議なものはない。

一九九八年一月、フミト（寺田文人）、ヒロキ（笠井廣毅）、大ちゃん（山下大明）と組んで、「ビッグストーン」というバンドを結成した。楽器に関してはど素人の集団が、いきなりバンドを結成したのだからなんとも無謀な話であるが、心意気だけは熱い面々だった。というか、オリジナルのメッセージソングしか唄わないという気概だけが取り柄の、オヤジバンドだった。

ビッグストーンは、島の中では四人組だったが、鹿児島の本村忠寛を背後霊的なメンバーとし、浦田剛大には「業務用」のメンバーとして加わってもらった。

二〇〇〇年夏には、ファーストアルバム「晴耕雨読」の制作に着手。福岡からター君に来てもらい、なんと二七日間も缶詰にして、写真家の大ちゃんの暗室で音入れをした。

車を進入禁止にし、電話の線を抜き、いざ録音。ところがなんとツクツクボウシの声が飛び込んできて録り直し。換気扇に座布団を詰め、ガムテープで目張りして、さあテイクⅡ。ところが、誰かがコードを間違え、テイクⅢ。土壇場でエンディングが揃わず、テイクⅣ……。日曜日は一日中、そして普段の日は仕事を終えて晩飯を食ってから録音したが、毎晩終わるのは深夜の一時か、二時過ぎだった。

CDを作る作業は、本当に大変だった。だが、一曲一曲、悪戦苦闘しながら作り上げていくことによって、歌はぼくらの身体の一部みたいになっていった。

その二七日間の体験は、ぼくにとってとても貴重なものとなった。「歌」というものを、ライフワークのひとつにしたいと思うようになったからである。

二〇〇五年の夏、ぼくらビッグストーンは、上野の野外音楽堂にいた。「憲法フォークジャンボリー」に参加するために。憲法フォークジャンボリーとは、憲法九条を守るために首都東京に結集し、『戦争放棄・NO WAR PEACE!』を叫ぼう！という催しで、全国から二四組のアマチュアバンドと、一五組のプロのミュージシャンが一堂に会し、八月二六日・二七日の二日間に渡って、開催された。

呼びかけ人は、笠木透であった。彼の呼び掛けに応えないわけにはいかない。屋久島から見れば、東京は遥か東の果てだが、なんとか段取りをつけ、屋久島四人組に福岡のター君を加えての、ビッグストーン「業務用」メンバーで駆けつけた。

アマチュアであるぼくらは、二日目に登場し「鬼火焚き」、「怒れ！」、そして「Ｏｈガンジー」の三曲を唄った。「Ｏｈガンジー」という歌は、そのコンサートのために作ったものだった。主催者側からは、「憲法九条」に関する歌を作ってきてほしいといわれたのだが、敢えてぼくらはガンジーの歌を作った。それは、今この時代が必要としているものは、ガンジーの「非暴力・不服従・不殺生」の思想をおいて他にないと思えたからである。

アメリカ合衆国の「自由と正義」という名のもとで展開される暴力、それに対抗するさまざまな「テロ」という名の暴力。とめどなく繰り返される暴力の連鎖。その連鎖を断ち切るためには、ガンジーの思想を、今この時代に甦らせ、浸透させてゆくしかないと思ったからである。

冒頭でも書いたが、はじめてフォークソングというものに出会ったとき、ぼくは「歌のパワー」に幻想を抱いた。歌は世界を変えられると……。そしてそう思いつつも、いつしかその幻想は見事に裏切られたと思っていた。

だがそれは間違っていた。歌は、裏切らないのである。裏切ったのは、ぼくらだったのだ。何もしないで世界が変わるわけはないのだ。日々求めつづけない限り、平和ってやつはすぐに遠ざかってしまうというのに、ぼくらは胡坐をかいていたのだ。平和について語れるのは、平和なときだけだというのに、「つかのまの平和」の座布団の上で、ぬくぬくと！

「不断の努力」を怠れば、平和だけではなくすべてが遠ざかっていく。日々あきらめることなく、求めつづけ、あがきつづけなければ、ぼくらは前へ進まないのである（日本国憲法第一二条は「自由・権利の保持義務」をうたったものであるが、「この憲法が国民に保障する自由及び権利は、国民の不断の努力によって、これを保持しなければならない」とある。平和だけでなく、自由も権利も、最初から与えられたものではなく、絶え間なく努力しつづけなければ保持できないものなのである）。

笠木透は言う。「フォークソングは、タイムリーでなければならない」と。その言葉の意味は重い。

ぼくらはいつでも、感受性のパラボラアンテナを全方位に向けておいて、世の中のさまざまな出来事に対して即座に反応しなければならないのである。

理不尽なことに対しては声を荒げて抗議し、悲しむべき出来事に対しては共に涙しながら連帯し、そして肩組み合って生きる喜びを唄いつづけなければならないのである。

フォークソングは懐メロなのではなく、今日という日へのメッセージソングなのである。

ニガウリとヘチマ

毎年夏が来るたびに、畑を耕す。畑といっても、家の横にブロックで囲ったわずか畳一帖ほどのささやかなものなので、そのスペースに「呼び名」などない。

その名もない空間に、たっぷりと肥料を入れる。鶏糞、油粕、骨粉、木灰、腐葉土等々。化学肥料はいっさい使わない。もうそうやって何年も作りつづけているので、土はミミズ一〇〇〇匹が棲む黒々としたいい土壌になっている。

そこに今年もまた、ニガウリとヘチマの苗を植える。かつて百姓をめざしたころは、種から蒔いて育てていたが、今はわずか数本のことなので、無精して店からポット仕立ての苗を買ってきて植えている。

植えつけ終えたら、竹を切ってきて家の壁に斜めに立てかけて棚を作り、それですべて準備完了。後は雨の洗礼を待つばかりである。

雨とは不思議なものである。同じ水でも、水道水とは明らかに違う。まるで魔法の水である。

ひと雨ごとに、苗はぐんぐん成長する。わずか一〇センチにも満たなかったものが、降りつづく雨の中で、あっという間に一メートル、二メートル、そして三メートルを越え、またたくまに上へ横へとツルを伸ばしていく。

やがて梅雨が明けるころには、生い茂った葉っぱは複雑に重なり合い、すっかり壁を覆いつくしてしまう。その緑の壁を家の中からのぞくと、まるで天然のステンドグラスだ。光りに透けてかがやく葉っぱの清々しさは、哀しくなるくらいに美しい。

ギラギラと照りつける陽射しの中で、ニガウリもヘチマも黄色い花を次々と咲かせる。まばゆい光りの中で見るその黄色の、なんという元気色だろうか。特にヘチマの花の力強いこと。まっすぐに天を仰いで咲くその姿は、「必要なものは、お天道様と降り注ぐ雨、そして大地。それだけだ！」と宣言しているようで、見ているこちらにも、ひしひしとそのパワーが伝わってくる。

そういうことって、じつはとても大事なことなんだと思う。今や一年中出回っているので、野菜から「季節」というものが失われてしまったが、「旬」のものを食べるということは、その野菜を育んだ土地の「風」や「光」のパワーも一緒に食べる、ということなのだと思うからである。

ニガウリもヘチマも、まさに夏が旬である。露地に植えられ、降りしきる雨と照りつける直射日光を全身で吸収しながら、つやつやとたくましく育ったニガウリやヘチマだからこそ、猛暑を乗り切るエネルギーをたっぷりと内蔵しているのである。それらを丸ごといただくことによって、人はその風土で溌剌と生きてゆけるのである。

だが今や、食糧の大半を外国からの輸入に頼らざるをえない悲しむべき現状の中で、おいそれとこの国の風土を食することはできない。

ならばせめて少しでもと、わずか半坪ばかりのスペースを耕し、最もこの島の夏にふさわしい野菜を植えて、夏を乗り越えるパワーを分けてもらっている、という次第なのである。

ところで、ニガウリ（ぼくのところではニガゴイというが）は、最近かなり認知されてきたようであるが、ヘチマについては、いまだに食べるものではないと思っている人がいるようである。困ったものだ。

その昔、関東のカッペに「ヘチマは旨いよ」という話をしたら、「君はタワシを食べるのか」と馬鹿にされたことがある。ぼくは愚かなイナカッペだが、どうやら関東のカッペも相当な馬鹿であるようだ。なぜならそれは、タケノコを食べる人に「君は竹を食べるのか」と嘲笑するごとき愚かさと、同等の認識だからである。

ヘチマの調理法にはいろいろあるが、なかでも豚肉との味噌炒めは絶品で、そのトロッとした食感は感動的である。ぜひ一度お試しあれ。今後「タワシを食べるのか」などという戯言を吐かないためにも。

ところで、かつてヘチマは「トウリ」と呼ばれていたが、江戸時代になって「ヘチマ」と呼ばれるようになったという。この話はできすぎていて少しウサンクサイが、おもしろいので引いておこう。

なぜトウリをヘチマというようになったか?

それはイロハ言葉の順番でいうと、「ト」というのは「ヘ」と「チ」の間にあるので、「ヘチ間」になったのだそうな……。

江戸時代の日本人は言葉遊びの天才だから、案外本当かもしれない。

山芋掘り

ここんとこ、山芋(自然薯)掘りに凝っている。連日通いつめているので、肩も腕もパンパンに凝り固まって、夜中痛くて目が覚めることもある。それでも朝になり、幼馴染のマッカッちゃんから「山芋隊、出動すっど!」と電話がかかってくると、筋肉痛も腰痛もなんのその、バンテリンを塗りまくってすっ飛んでいくのだから、われながら可笑しくなってしまう。

どうしてそんなにハマってしまったのか。

それは「山ん学校21」の活動の一環で、何十年ぶりに「山芋」を掘ったからである。それですっかり口が開いてしまった。

「山ん学校21」というのは、小・中学生を対象とした「遊びの年間プログラム」で、火を熾してメシを炊いたり、キャンプしながら塩作りをしたり、雪山に登ったりと、この島の自然を丸かじりしてもらおうという活動であるが、子どもたちよりもスタッフである大人たちのほうが一生懸命になってしまうのだから、あきれた話である。

でも、それほど山芋掘りはおもしろい。

何がそんなにおもしろいかというと、それはひと言でいえば「博打」みたいなものだからである。しかも「お金」を賭けるのではなく「労働」を賭けるのだから、じつに健全（?）な博打である。

山芋掘りが、いかに賭け事的行為であるか。

それは、たとえばぼくが今通っている場所には、一〇〇本ほどの山芋のツルが生えているが、そのツルのどれが当たりで、どれがハズレかは掘ってみなければわからないからである。ツルの大きさや葉の繁り具合によっておおよその見当はつくが、それでも掘ってみないことにはなんともいえない。よしんば「大物」のツルを引き当てたとしても、岩盤に突き当たれば、せっかくの当たりもハズレになってしまう。

本土の、たとえば関東ローム層のような掘りやすい土壌と違い、とにかくこの島の地盤ときたら、やたらと石ころや岩盤が多いので、最後の最後まで掘ってみないことには結末はわからないのである。一本掘り上げるのに、一時間以上かかることもある。

「蔓を見て掘るな。土をみて掘れ」というのはけだし名言である。

山芋を掘るには、キンツ（キンツキ）という道具を使う。幅一〇センチ、長さ三〇センチほどの鉄板を少し円曲させたもので、それに二メートルほどの柄を付けて使う。地面に垂直に突きさして持ち上げると、その円弧の部分に土がついて上がってくるようになっているので、むやみやたらに大きな穴を掘らずに済むのである。粘土質や赤ホヤ層などのように、山芋が真っ直ぐに育っているような場所だと、直径二〇センチほどの縦穴を掘るだけでいい。

だが、ぼくの住む宮之浦近辺は、どこも岩盤だらけなので一筋縄ではいかない。まっすぐな山芋など百に一つもなく、突然予想だにしなかった方向へとかき消え、愕然とすることがある。だが、それもまた興奮度を高めてくれる要素である。複雑怪奇に変形しながら、暗黒の地中深く潜っている山芋を、なんとしてでも「無傷の完形品状態で掘り上げたい」と思うものだから、その暗中模索のスリル感がまたタマラナイのである。

だが、傷つけないで掘るなんてことはほとんど不可能に近い。慎重に掘り進んでいても、つい身を削いでしまう。最初のうちはまだ傷が浅いので「しまった」と思う位なのだが、そのうち二度三度とミスが重なってくると、舌打ちがやがて悪態となり、掘っても掘っても悪条件が改善しないと、すっかり「ボヤキ人間」へと変身してしまう。焼酎を飲んで訳のわからぬことを喚きちらすことを、島では「ヤマイモをほる」（あるいはヤマイモホイ）というが、まさにその状態に落ち込んでしまうのである……。

それでも、なるべく完全な状態で最後まで掘り上げたいと思って悪戦苦闘を続けるのだから、山芋掘りはどこか埋蔵文化財の発掘調査にも似た、なんとも根気を要する作業なのである。


秋になると、山芋の葉っぱは黄金色に染まる。そのなんともいえぬ色合いに心躍らせながら山に分けいっていくのだが、地中深くに貯えられた山芋を掘るたびに、すごいなと思うことがある。なんと、去年の亡きがらに包まれて、イモが育っているのである！

それは、毎年毎年、地面の中で繰り返される「再生のための消滅！」のドラマである。一年間かけて栄養を貯えたイモが腐り、それを養分にして翌年新たなイモが育っていく。そのイモがさらに成長してはまた腐り、翌々年の新たな命へと、貯えつづけてきたもののすべてを受け渡していく。

命の数だけ死があり、そしてその死が、次の命を自分より大きなものへと育てていく。つまり死の数だけ命があるのである。それって当たり前のことなのかもしれないが、ボロ切れのような去年の亡きがらをまとった山芋を見るたびに、感動するのである。

そんなすごい命をいただくのだから、心していただかねばと思う。ちなみに今日は半日掘って、約四キロのヤマイモを収穫することができた。ありがたいことである。

自然の恵みの中で、ぼくらは生かされている。

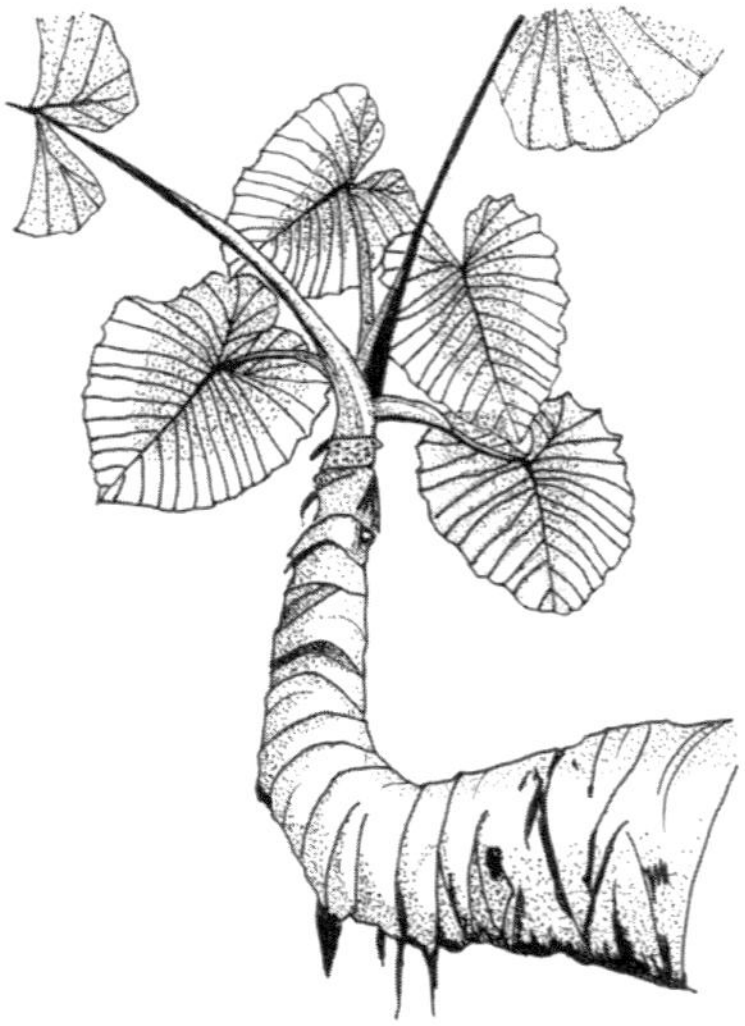

自転車をこいで

地球の環境問題とエネルギー問題が、深刻な事態を迎えている今、考えてみれば、たった一人の人間を乗せて走る自家用車ほど無駄なものはない。たかだか数十キロの人間を移動させるのに一〇〇〇キロもの鉄の塊りを同時に移動させなければならないわけだから、なんともエネルギー効率の悪い話である。

おまけに自動車という機械は、「公害発生装置付」の「殺人マシーン」でもあるわけだから、これだけ大量に街中にあふれてくると、もはやそれはとても厄介なシロモノである。そろそろぼくらは、利便さに溺れることなく、真剣に「脱自家用車社会」を考えなければならないところに来ているのではないかと思う。

そこで考えてみたいのは、「自転車」の活用である。軽量でしかも燃料のまったく要らない自転車を、いかに交通体系の中に組み込んでいくか。そのための基盤整備をどう進めていくか。自家用車をどうやって規制していくのか。さらには、自転車の弱点である長距離移動をどうやったら補完できるのか。そのためにバスや鉄道などの公共輸送機関をどんなふうに改良し充実させていけばいいのか。問題点は多いが、それらのことが、とことん突き詰められ煮詰められてゆけば、トンネルの出口が見えてくるのではないかと思うのである。

中国という国に行って驚くのは、自転車の多さである。そこはまさに「自転車先進国」である。おびただしい数の自転車が、車の間をかき分けてスイスイと進んでいく。都会の混雑の中では、小回りの効く自転車のほうが、車よりはるかに機動力がある。ましてや北京のような平坦な道路では、自転車はまさに格好の乗り物だと思う。このままうまく自転車を活かしきっていけば、北京はやがて先進諸国の都市交通改革の手本になるだろう。

しかし現代文明は、不思議なことに世界各国どこでも同じ道をたどる。より速く、より便利に、より快適に……。やがてこの中国の人たちも、みんな自転車を捨てて、車に乗り換えたいと願い、そうなっていくのだろう。

たぶん今回の世界貿易機関（ＷＴＯ）加盟によって、その事態は一挙に進捗していくのだと思う。そして一三億人市場の自由化は、地球環境の悪化に、さらに一段と拍車をかけることになるに違いない。

願わくは、自転車の価値を保持しつづけてもらいたいものである。「先進国」と呼ばれる愚かな国々と、同じ過ちを犯さないためにも。

振り返ってみれば、ぼく自身のささやかな暮らしぶりも、現代文明の仕組んだ通りの道をたどらされている。

最初は自分の脚で歩くことしか知らなかったのに、やがて自転車に乗り、バイクに乗り、そして車に乗り……。今ではすっかり自家用車は絶対必需品だと思いこまされている。

もちろん事は、車だけではない。今やぼくたちの日常は、すっぽりとコマーシャル・メッセージに包みこまれていて、ぼくたちはいつでもどこでも「消費者」であることを求められている。どんなものを消費し、どんな車に乗っているかで、その人の人格さえも定義づけられてしまうほどに。

つまりぼくらは生まれてから死ぬまで、「消費者」であることを強要するこの社会に、飼われつづけているのである。

そんな消費社会へのささやかな抵抗も含めて、ぼくはしばらく前から自転車に乗りはじめた(もちろん、直接的な理由は、「健康のため」である。歳をとって、ぼくもまた「健康のためなら死んでもいい」と思っている現代人の一人になってしまった)。

ところが、どこでどう変化したのだろう。

いつのまにか、自転車に乗るのがすっかり楽しくなってしまい、最近では少々天気が悪くても、つい自転車に乗って遠出をしてしまうほどである。

黒々とした木立ちの向こうに、キラキラ光る川を眺めながら走る朝の道の心地よさ。空高く舞い上がるサシバ、雨上がりのコムラサキシキブの実の輝き、風に舞うウリハダカエデの落葉。甲高いモズの鳴き声、オガタマの花の甘い匂い、そして手ですくって飲む湧き水の旨さ。

精神的にも肉体的にも、いいことだらけの自転車を、いかに「日常生活」の中に組み入れていくか。

そのことの必要性と重要性を、ぼくは今しみじみと感じながら、今日もまた自転車をこいでいる。

爺の心得

娘の出産が近づいた。はじめて「爺《ジジイ》」となる身に、何ができるのだろう。

「祈る」ことを除いて……。

赤ちゃんを産むということ、それは二本足歩行を選んだ人間にとって、じつに「難事業」である。不幸にしてぼくの長男は、生まれてすぐに亡くなった。命が命を産み出すということ、それがいかに大変なことであるかを、ぼくは身をもって思い知らされたのである。

だから、なんとも華奢な身体の娘が、はたして無事に出産できるのかどうか、不安でたまらなかった。

「困ったときの神頼み」とは、よくぞいったものである。普段チットモ信心深くないぼくが、急に神妙そうな顔をして、神仏に手を合わすのだから……。

そんなわけで、まずは益救神社へ。なんといったって、屋久島の最高守護神である山幸彦を祀る益救神社に参らないわけにはいかないだろう。お賽銭を奮発し、念入りに「安産」を祈願する。

そして翌日は、楠川の熊野様へ。扉を開けると、祈願成就のお礼の布がたくさん奉納されている。思わずカミさんと顔を見合わせ、頷きあった。

「さすがに熊野様、ご利益があるんだ！」

深々と頭を下げ、安産を祈願する。

だが、それでもまだ心が落ち着かないので、太忠岳（標高一四九七メートル）まで行くことにした。なぜ太忠岳かといえば、その天に聳える岩峰の形が、施無畏の印契のようにも見え、なんだか観世音菩薩のように思えたからである。

その日は極上の日であった。澄みきった紺碧の空の中に、「天柱石」は立ち尽くしていた。太忠岳にはこれまで何度か登ったが、その日はじめて山頂に祀られた古い奉納塔をしみじみと眺めた。

岩の割れ目に二つの塔が奉納されていて、ひとつには享和二年、そしてもうひとつには嘉永七年と刻まれていた。どちらも船行村の人たちが奉納したものだった。享和二年は、一八〇二年だから、ちょうど今から二〇〇年前のことである。そのとき、どんな事態が船行村に起こったのだろうか。

そしてもうひとつの嘉永七年（一八五四年）という年に、村人たちは太忠岳に何を祈ったのだろうか。その年は、ペリーが軍艦四隻を率いて浦賀に来航した翌年で、年号は安政元年に改められた年であった。

歳月と風雨に晒され、かなり磨耗した奉納塔を見つめながら、切羽詰った村人の願いごとに思いを馳せているうちに、ぼくは自分の娘の安産祈願だけではなく、この島の未来の安泰もお祈りしてしまった。そして人類の無事と、地球の無事も、ついでに！

わずかなお賽銭で、そんなにたくさんの願い事をしてもよかったのだろうか。山道を下りながら、ぼくは欲張りすぎたことを少し後悔していた。

月日が満ち、やがて娘は無事に出産した。すっかり安産というわけにはいかなかったが、母子ともに元気であった。ありがたいことである。もしかしたら、屋久島の神々への祈りが通じたのかもしれない。

産後の肥立ちも順調で、やがて娘はわずか三三日目の命を大事そうに抱えて、島に帰ってきた。不思議なものである。二五年前に生まれた小さな命が、今こうやって新たな小さな命を抱きかかえて目の前にいる。あの幼かった娘が「母親」と成って、タラップを降りてくるのである。

それは自分自身を振り返ってみても、本当に不思議なことである。かつてイタイケな「子ども」であったぼくが、いつのまにか「親」となり、そして今やなんと「爺」となってしまったのだから……。

だが、「爺」になるとは、いったいどういうことなのだろうか。爺という役柄は、どんな役割を演じなければならないのだろうか。いよいよ人生の第三幕、つまり最終章に突入した爺に、何ができるのだろうか？

ある日、『木を植えましょう』（正木高志著・南方新社刊）という本を読んでいたら、次のような言葉に出会った。

「インドでは人生を前半と後半に分けて考える。前半は自己実現の時であり、後半は自己放棄の時だ」と。

なんと衝撃的なアイデアだろうか。人生の残り半分が、「自己放棄」のために存在していたとは！　おもわず目から鱗が落ちてしまった。

著者によると、インドでは人生の前半と後半をさらにそれぞれ二分して、最初の四分の一が真理を学ぶ「学生期」。次が「家住期」。結婚し、子どもを儲け、家庭を築いて暮らす時期。そして次が「森住期」。子育てを終え、家庭を養う義務を終えて老齢期にさしかかった者は、森に隠退して内面的な生活に入るか、あるいは社会のために働かねばならない、という。そして最後が「出離期」。社会や人生そのものから離れて神へ近づく時期、なのだそうだ。

つまりインドの人生観では、「人生の最も重要な時期は後半生にあるのであって、前半生は準備期間にすぎない」というのである。

ところが今わが国では、「金が稼げる間だけを人生と考えている。だから定年退職した者はゴミ同然、社会的にはほとんど存在価値がない。それは金を稼ぐこと以外の人生の目標をもっていないから」だと著者は続ける。それは「人生の後半の目標をもたずに、前半の価値観と生き方を死ぬまで引きずっているから」だと。

つまり、前半生と後半生には「変化」が必要なのであって、前半の人生観と方法論を後半に引きずりもち込んではならない、というのである。

ということは、「爺」になるということは、「変身」しなければならない、ということである。自己実現から、自己放棄への大変身。こりゃ、大変だ。現代の大根役者に、そんなことが可能なのだろうか。

しかし、変身しないわけにはいかないだろう。だって、時代はだんだん悪くなってゆくばかりだし、そんな暗い時代に、可愛い孫たちを黙って投げ込むわけにはいかないのだから……。

すこやかな孫の寝顔を見ながら、「爺の心得」をあれやこれやと考えているうちに、ふと「昔話の疑問」が解けてきた。なぜ昔話は「昔々、ある所にお爺さんとお婆さんがいました」という設定なのか、これまで不思議でならなかったからである。いったい、「お父さんとお母さん」はどこへいってしまったのか？　どうしてお爺さんとお婆さんなのか？

それはきっと、父や母は生きるのに一生懸命で、つまり自己実現に懸命で、子どもたちにいろんなことをうまく伝える余裕がなかったからに違いない。だから、伝統や文化、そしてさまざまな風習などを子孫へ伝えてゆくのは、爺や婆の役割だったのだろう。そうやって受け継がれてきたことを、昔話の語り口は言い得ているのではないか、とふと気づいたのである。

かつて、爺婆を早くに亡くしてしまい、たった二人だけで極寒の地で生きていかなければならない若いイヌイット夫婦の映画を見たことがあった。やがて二人に赤ちゃんが生まれるのだが、その生まれたばかりの赤ちゃんを氷の上に置き去りにしようとするシーンがあった。若い二人は、生まれたばかりの赤ちゃんに歯がないのを見て、「歯がなければとてもこの世界で生きてゆくことはできない」と、うろたえるのだった。そのシーンが今も脳裏に焼き付いている。爺婆がいないと、「伝統」も「智恵」も「経験」も継承されていかないのである。

そのことは、自分の娘の場合を考えても、そうだという気がする。爺ちゃん子だった娘は、じつにたくさんのことをぼくの親父から学んだ。早寝早起き、整理整頓、勤勉、そして節約。グータラな親、つまりぼくは、単に反面教師としての役割しか果たせなかったのである。

親というのは、情けないものである。子どもとうまくつきあえないばかりか、子育ての責任があるので、なかなか「世の中」の枠をはみ出せない。だからつい常識的になって、反抗的な子どもとの間にまた溝が深くなる。だが爺は、へっちゃらだ。社会への責任はもう果たしたのだし、どうせ後は死にいくだけなのだから、怖れるものなど何もないのである。

だが、自分たちだけ散々いい思いをして、「後は知らん」では死にきれない。孫の世界に重荷を背負わせるようなことだけは絶対にしたくない。冥土の土産に、せめて何かひとつだけでも、罪滅ぼしをして死にたいではないか！

だんだん駄目になってゆく世の中に、だんだん暗く先細ってゆく人類の未来に、せめてかすかな灯りでも点してやろうではないか。ねぇ、人生の最終幕を迎えた爺たちよ。

孫とつきあう時間は、そんなに長くはないのだから。

I'm transformation myself!

台風騒動

今年の台風は気が早い。

なんと五月にやってきたのだから、びっくりしてしまった。幸い、たいしたことはなかったが、それでも船が三日間欠航して、旅行者たちは右往左往した。

その混乱振りを見ておもしろがったのか、台風は六月にも北上してきた。二〇〇キロほど西側を通過したので被害はなかったが、それでも結局二日間船が欠航し、再び旅行者たちはうろたえた。

スケジュール通りに動いている旅行者にとって、「欠航」は一大事である。自分の都合だけでものを考える人間にとっては、台風とは迷惑千万、腹の立つ存在だろう。

だが、この島に暮らしている者にとっては、台風が来るのは非日常の出来事ではない。速い遅いがあったとしても、やってくるのは「当たり前」のこと。だから、船や飛行機が欠航するのも、これまた当たり前のこと。

諦めるしかないのである。台風の存在を当たり前のものとして、この島の暮らしぶりは成り立っているのである（台風が来なければ、自然界だってバランスが崩れる。数年前一度も台風が来ない年があった。結局、海水温が異常に高くなり、珊瑚が白化現象を起こして壊滅した）。

とはいっても、「大雨」・「洪水」・「暴風」・「波浪」・「高潮」と、各種の警報が積み重なって発令されると、にわかに緊張の度合いが高まる。進路予想図から目が離せなくなり、気圧がどんどん下がって、台風のお目目がパッチリしてくると、思わず「来ないでくれ！」と祈ってしまう。

だがそれでも、もしやってきたら、それはそれで仕方のないこと。もう黙って受け入れるしかない！ 自然と人間との関係は、そういうものなのである。

台風といえば、思い出すことがある。それはわが友人、ソウ（壮一郎）の話である。

その年の台風（一九九三年・台風一三号）は強烈だった。新聞報道では、「戦後最大級」と表現され、たぶん最大瞬間風速七〇メートル近く吹いたのではないかと思う。

当時、港の近くに住んでいたソウは、風の固まりが体当たりをぶちかますたびに「ミシッ！

ミシッ！」と悲鳴をあげる家の中で、緊張し、迷っていた。

たぶんこの家はもたないだろうと予感されたからである。壊れてしまう前に、何を持ち出せばいいのか……。

「どうしよう……」

家の中をキョロキョロと見渡したソウは、買ったばかりのビデオに目を止めた。

「こいや！」

せかせかと、真新しいビデオを風呂敷に包みながら、彼はふと寂しくなった。

「待てよ。こんな物が、オイにとって一番大事なものやとか？」

ソウは自問自答した。

違う！　もっと大事なものがあるはずだ。

ビデオを包むのを途中でやめ、彼はもう一度部屋の中を見まわした。

「あった！　コイや、コイ！」

電話機を包みながら、彼は、もっと寂しくなった。

「ホンノコテ、こんなモンしか、なかとか？」

自分にとって、一番大事なものは、何なのか……。

思い悩んでいると、突然、その電話が鳴った。受話器を取ると、高台に住む住人からであった。

「先っきから君の家を見てたんだが、瓦がベラベラめくれて飛んでいきよるよ。良かったらぼくの家に避難してきたまえ」

少々むかつく口調ではあったが、なんともありがたい電話であった。おかげで冷静になることができたし、自分にとって何が大事なものか、わかったからである。

風がひと息つくのを待って、ソウは子どもを抱きかかえ、車へと乗り込んだ。

「子どものいのち、そして自分のいのち。それより他に何が大事なものがあろうか」

結局ソウは、何も持たずに、高台の住人の家へと車を走らせたのであった……。


この話は、ここで終わってもいいのだが、落語ファンのあなたのために、じつは落ちがある。

少々気が重かったが、ソウは高台の住人の庭先に車を乗り入れた。クラクションを鳴らすと玄関の戸が少し開いた。車を降りていこうとすると、高台の住人が、その隙間から顔を出して、何やら叫んでいる。

風の音にかき消されてよく聞こえない。耳に手を当て、訊きなおすと、

「来るな！」と言う。

「えっ？？？」

避難してこいというから、やってきたのに、なんたる言い草。呆れ果てていると、

「うちもヤラレタ！　これから公民館へ避難すっとこいや！」、という。

なんでも、ソウに電話した直後、どこからか飛んできた木材が、二階の窓を突き破ったらしい。

なんともはや、台風ってやつは……、すごいね。エコヒイキなしだもんね。


本当にその年の台風は、ものすごかった。

ほとんどの家が、何がしかの被害にあった。ぼくの家の瓦も一〇〇枚ほど剝がされた。

台風一過のさわやかな青空の下、屋根に上がると、ご近所一同、すでに勢揃いしている。

「わざわい強かったね」

「ホンノコテ！」

笑いながら、あいさつをかわし、応急処置としてブルーシートをかぶせる。

屋根の上で一服して世間を眺めていると、アチコチでブルーシートの花が咲いている。違った色はないかと探してみるが、どこもかしこもブルー一色である。にわかに出現した「ホームレス村」のようで見事である。

しばらく見とれていたが、ハッと思って、慌てて屋根から下りると、姉の家へと車を走らせた。

そんな予感は当たらなくてもいいのに、なんとズバリ的中。姉の家は片屋根が吹き飛び、家の中は水浸しだった。

電話をしても出ないから、てっきりどこかへ避難しているると思っていたのに、まさか独りぼっちで、耐えていたとは……。放心状態で、目の焦点が合っていない。

大変だ！　急いで車に乗せ、世間を見せて回る。

どこもかしこも、すごかった。とくに二階建ての家の被害が目立った。

「んにゃんにゃ、こわまたわらわい！」

「見て見て、あそこん家は根こそぎスッカエちょんが」

「ほんのこて、わざわいかね！」

世間をひと回りすると、姉はすっかり元気になった。自分だけじゃなかったんだ。みんなそうだったんだ。

自分だけじゃなかったということが、放心状態の姉に正気を取り戻させた。人は、もし自分一人だけが不幸な目にあったのなら、なかなか立ち直れないのである。

そこへいくと、台風ってやつはすごいね。みんなに平等だ。それに、人間に「身の程」ってやつを教えてくれる。

対自然との関係においては（本当は対人間との関係においてもだけど）、人間は「謙虚」であることが一番なんだよね。

ねぇ、お前さん。

屋久島こっぱ句会

最近、俳句にはまっている。わずか一七文字の中で何が表現できるのか、その「制約」と「書」の如き空白の存在がじつにおもしろい。そこで今回は、俳句随想ということで、お付き合いを。

初春

初春や今日は一日樹の下で

人間は「逆立ちした木だ」と言った人がいた。うまいことをいうものだな、と思う。「動物界は、植物界を支配している」という名言を吐いた人もいる。自ら切り捨てた葉で、自らを培っている、そんな樹の下で、何もしないで今日一日を過ごせたらと思う。年のあらたまった、せめて今日だけでも。

樹にもたれて坐り、ゆったりと心をひろげて……。

人は死ぬまでに二度、「木の声」を聞くチャンスがあるというが、行く先知らずに走りつづける人類という生き物は、いつになったら「その声」を聞くのだろうか。

サシバの渡り

風を読み真一文字に鷹渡る

朝六時、島で羽を休めていたサシバが一斉に飛び立ちはじめた。まだ薄暗いビワンクボ橋の所から眺めていると、森から飛び立ったものや永田方面から山を越えてきたものが、羽ばたきながら頭上を越えてゆく。どうやら琴岳上空に上昇気流が発生しているようだ。双眼鏡で除くと、すでに一〇〇羽前後のサシバが集結して、朝焼けの中で乱舞している。右旋回するもの左旋回するものが入れまざって、それぞれに大きな輪を描きながら、空の高みへと昇ってゆく。まっすぐに広げた翼が朝日に赤く染まって輝いている。

わずか三〇分ばかりの間に、五〇〇羽ほどのサシバがすべるように南へと飛び去っていった。

サシバの渡りを見るたびに、想い出す唄がある。それは「サシバよ渡れ」(詩＝笠木透。曲＝坂庭省悟)という唄。名曲である。

そして想い出す人がいる。「サシバの渡りに魅せられて」という観察記録の著者、永里岡先生。ぼくが「先生」と呼ぶ数少ない人の一人であるが、今はもうこの世にはいない。

人の世はあてどなく移ろってゆくのに、サシバは今年もまた確かにやってきて、そしてはるか南の地へと渡ってゆく。生き物の営みってすごいなあと思う。

ヒトって奴は、どこまで「生き物の域」から外れていくのだろうか。俳句をつくることによって、少しでも軌道修正ができないものかと思う。しっかりと自然を見つめることによって、そしていろんな生き物たちに、この地球での生き方を教えてもらうことによって。

裸木

骨格を曝して冬の木々立てり

北西の風が吹き荒れると、木々はあっという間に、素っ裸になってしまう。なぜ木は、冬になると裸になるのか？　それは、「寒い」からではない。その時期、「降水量」が少なくなってしまうからだ。収入が少なくなれば、支出を制限するしかない。

落葉樹は、節約家だ。葉っぱ一枚とってみてもそうだ。ツバキやシャリンバイなど照葉樹のものに比べると、ずいぶん安普請である。わずか数カ月で用済みとなるのだから、薄っぺらなものでいいのだ。

落葉樹の、そんな環境への対応の仕方を見ていると、ぼくら人間って奴は、そんな「当たり前」の適応の仕方から、ずいぶんかけ離れたところまで来てしまったものだ、としみじみと思ってしまう。どの段階で、ぼくらはそんな道を選んでしまったのだろうか。環境に自らを適応させるのではなく、環境を変えてしまうという道を。快適さを追い求め、自然から遠ざかれば遠ざかるほど、ぼくらの未来は閉ざされていくというのに……。

裸木のすごさはそれだけではない。それは冒険的な生でもある。裸になるということは自らを曝け出すということだし、自分のよって立つ足許に光があふれるということは其処を他の生き物のために開放するということなのだから。

裸木の謙虚さと冒険、そこには、これからぼくら愚かな人間が永続的な「生」を希求していくためのヒントが隠されているような気がする。

水鳥

カイツブリ水中をゆく速さかな

ぼくは、川のほとりに住んでいる。朝に昼に夕に、川を眺めて暮らしている。

夏、川は人間の遊び場としてにぎわう。水浴びする子どもたち、魚釣りする老人、カヌーに乗る観光客、ドラゴンボート、そして夜の流れ船……。

だが冬になると、一変して川は静けさを取り戻す。川本来の姿になる。人気の消えた一枝乱れぬ川面で、動くものと云えば水鳥だけだ。

ぼくの住む宮之浦川下流域で見られる水鳥には、コガモ、カイツブリ、ウミウ、チドリガモ、ホシハグロ、キンクロハジロ、マガモ、カルガモ、オナガガモなどがいるらしい（水野明紀氏談）が、ある日、古い橋の上から川を眺めていて、カイツブリのびっくりする光景に出会った。

その古い橋は、昭和の初期に架けられたもので、ぼくの最も好きな場所のひとつである。そこに立つとこの島の水の循環がよくわかる。見上げれば緑したたる山が眼前にあり、振り返れば青い海が広がっている。水はその海から空へとのぼり、山へ降り立ち、川となって、再び海へと流れてゆく。

その橋の上から眼下の川を見つめていたときのこと。水底まで見える透明な流れの上に、カイツブリがプカプカと浮かんでいた。なんとも長閑な光景だなぁと思っていたら、ちょうど水中に没するところだった。下手な潜り方だなぁと思っていたら、なんと、水底の地面をパッ、パッ、パッと蹴って滑走し加速をつけたかと思うと、まるでコンコルドのような恰好をして水中を飛んだ。その驚くべき迅速さが、カイツブリの本来の姿なのかもしれないが、思わず唸ってしまった。考えてみれば当たり前の話かもしれないが、水鳥の本来の姿は、水中にあるのである。

二〇〇三年一〇月末、「屋久島こっぱ句会」なるものがはじまった。「はじまった」と他人事風にいうのは、「はじめた」という意識がなく、まさに「はじまった」というのが実感だからである。というのも、そもそもの発端は、姫路に「骨派句会」というものがあり、その中から発生した分子が、いつのまにか屋久島で勝手に増殖しはじめたからである。

姫路骨派句会は、版画家岩田健三郎の呼びかけではじまった句会で、なぜ「骨派」と称するようになったかの謂れが、彼が発行する句誌「句彩日和」の扉に書いてある。

『宮武外骨という人がおられた。香川の人。明治・大正・昭和を生きたジャーナリスト。「滑稽新聞」・「面白半分」などの紙・誌を発行。その外骨サンの生家を訪ねた夜、外骨サンに敬意を表して、骨のつくあだ名を付け合った。上田さんは「恥骨」、美樹さんは「豚骨」、そしてぼくは軟弱者の「軟骨」と。いい大人になって、友人達からもらったこのあだ名を活かせないか……と、俳句の俳号に。「俳句などつくったこともない」という友人知人を誘い、「骨」のつく俳号を付け合って、今四八人。』

そんなわけで、屋久島木端句会のメンバーもみんな、俳号に「骨」がついているのである。岩田健三郎という魅力的な人物にそそのかされて……。

みんなまだ、初心者マークをつけて四カ月ほどの未熟者ばかりだが、数回催した句会の中から、めぼしい句を拾って、自己紹介の替わりとしたいと思います。

乱骨＝荒田眞和
生き方に大根おろしの辛味無し

藻屑蟹山より出でて皿の上

風骨＝荒田冬子

万両を花瓶に挿して億を待つ

藻屑蟹無駄毛の処理に無頓着

怒骨＝笠井耕之

前岳にまだら雪あり春浅し

ラガーマン一歩踏み出すその勇気

彩骨＝寺田文人

縁側で洗濯物と日向ぼこ

僕らの人生ラグビーボールみたいだね

朱骨＝長井愛子

水鏡紅葉写して対となる

引き植えの大根見事に育ちけり

遊骨＝中島セツ子

先人の炭焼きがまの森静か

去年今年輝く瞳火のごとく

腐骨＝樋口耕太
海にいて山思うかな藻屑蟹
苔むした炭焼き窯や何語る
汨骨＝山下大明
そこに立つしぐるる森の白骨樹
日向ぼこ体内時計ほどけゆく
水骨＝山下育子
枯れ山を墨絵に変える時雨かな
初春の箱根に燃える武者の意気
幻骨＝長井三郎
風も染め水音も染め谷紅葉
咳ばらいまずひとつして山に入る

屋久島木端句会は、他にも鷲尾紀子さん（飛骨）、寺田幸代さん（天骨）、浦田剛大さん（まだ骨無し）等が新加入。目下じわじわと感染範囲をひろげつつある。ご注意を。

昨日そこに田んぼがあった

三月中旬、一年ぶりに種子島に渡る。恒例の「ロケットマラソン」を走りにいったのだが、どこまで走っても延々と田園風景が広がっている。

「豊かだなぁ」と思う。

何を見て豊かさを感じるか？

それは人によって千差万別だろうが、ぼくの場合その尺度は「土」である。黒々とした土や、農作物のたわわに稔った畑や田んぼを見るとき、ぼくはしみじみと「豊かさ」を感じてしまう。

屋久島とはまるで違う、種子島のその豊かな風土を見るたびに、ぼくの心はうれしくなる（ときには、嫉妬にも似た感情を覚えることもあるが……）。

カライモの植え付けを待つ畑。収穫時期を迎えたサトウキビ。そして、水を湛えた田んぼは、今まさに田植えの真っ最中！

農婦たちは、ランナーをお尻で見ながら、せっせと農作業にいそしんでいる。なんという大らかな島だろう。

生前、シドッチの追っかけだったコンタリーニ神父は、種子島と屋久島を比較して、こんなことを言った。

「鉄砲伝来、そしてロケット。

種子島は、物質文明を継承する島である。

鑑真、そしてシドッチの漂着した屋久島。

それは精神文明を継承せよ、との啓示である」と。

かつてその切り口に、しびれたことがある。

だが、精神文明だけでは、ひもじいのである。人は、「衣食足りて礼節を知る」のである（もっとも今の時代は、衣食足りすぎて礼節を忘れているような気もする。過ぎたるは猶及ばざるがごとしとは、よくぞいったものである）。

種子島に渡るたびに、結局は落ち込んで帰ってくる。屋久島の一次産業の貧困さを思い知らされ、なんだかとても情けなくなるからである。加えて、その意気消沈した心に不甲斐ない「走り」が追い討ちをかけるものだから、三日間ほどはトホホの状態がつづくことになる。

種子島人は、早くから弥生文化に突入したが、屋久島人は、今もって縄文文化から抜け出せないでいる。

そんな縄文人の末裔であるぼくが、若かりしころには、農業をしたいと切に思ったことがあった。

野菜とか果樹とか花とか、そんな換金作物を作るのではなく、とにかくまずは、叺《カマス》に入るものを作りたかった！　叺に入るもの、つまり穀類を作るのでなければ、農業ではないとさえ思っていたし、なかでも一番作りたかったのが、「米」であった。米さえ作っていれば、世の中がどんなに変わろうと何の心配もない。

ところが、ぼくの集落の田んぼは、もはや放棄されて久しく、すでに雑木林と化していたし、白谷川からの水の取り入れ口も見るも無残に壊れていた。いくらイキがったって、一人の力ではどうしようもない現実を前にして、ヘナチョコなぼくの思いはいともたやすく萎びた。

一九六六年（昭和四一）夏のことだった。ぼくの集落から田んぼが消えたのは。

その七年前に「工場」が誘致されて以来、放棄される田んぼが続出していたが、結局その年が最後となった。

「工場で働けば、金が入る。その金で米を買えばいい。難儀して米を作ることはない」

みんなそんなふうに考え、米作りをやめていった。

思えば、昭和三〇年代から四〇年代という時代は、島の生活が一変した時代であった。

暮らしの中では、プロパンガスが薪にとって替わり、電気釜や電気洗濯機やテレビが登場。山では、チェンソーが導入され、大面積皆伐によって山はすっかり禿山となり、やがて海も変質し、あれだけ大挙して押し寄せていた飛魚も、島影に産卵しに来なくなっていった。

そんな状況の中、ぼくの家が最後まで田んぼをつくれたのは、馬を飼っていたからである。他所では、田んぼの鋤き起こしに、もっぱら牛を使うようであるが、島では馬を使うのが一般的だった。

「牛は頭がいいので手綱が一本でいいが、馬は二本要る。だが仕事は速い」

と父はいった。

「馬の糞を踏むと足が速くなり、牛の糞を踏むと頭が良くなる」

ともいった。

だが後者は嘘っぱちであった。ぼくは種子島から入植した人が飼っていた牛の糞を、試しにそっと踏んでみたが、ちっとも効果はなかった。

ところで、田んぼをつくるというのは、共同作業である。猫の手も借りたいほどたくさんの人手を必要とする。互いに手を貸しあうことを島では「いい」というが、みんなが米作りをやめてしまっては、「いい」も「いい戻し」もできない。

だから、最後の年の田植えは大変だったし、稲刈りは悲惨だった。屋久島では、台風に遭わないように、三月には田植えを終え、七月には刈り取るのであるが、その年は台風が早々にやってきて、山姥の乱れ髪のように倒れた稲を、父と二人「もう、お仕舞いやね」とつぶやきながら刈り取った。

放棄されてから、四〇年が経過し、かつて田んぼだったその地は、今や公共土木工事で出た土砂の捨て場所となり、埋め立てが進んでいる。やがてここは宅地化され、もはや二度とこの地が、耕作地として甦ることはないのだろう。

ただでさえ耕地が少ないというのに、これでぼくの集落は二つのまとまった穀倉地帯を失ってしまった。

かつては屋久島電工に売却してしまった土地。そして今、この上田地区と。

金さえ出せば、食糧が手に入る時代が、そんなに長く続くわけではないのに。今の時代は「あだ花」にすぎないというのに……。

それにしても、「稲」という作物は、よくよく考えると、不思議な作物である。

通常植物の種子は、実が熟すと脱粒するのが本来の姿である。ところがたわわに実った黄金色の稲穂は、熟しても決して落ちない。なぜ落ちないのか、これは考えるとなかなか腑に落ちない話である。

もう三〇年以上も前のこと。はじめてソバを植えたことがある。荒地を開き、種を撒いた。やがて白い花が咲き、実が成った。熟し方がまばらだったので、身が全部黒くなるまで待った。そろそろ刈り入れどきかなと思って畑へ行ってみると、なんと実がついていない。ほとんどの実が無残にも地面に落ちていた。いったい、どうしたんだろう？

愕然としたが、考えてみればそれは当たり前のことなのであった。植物の実は、熟すと落下するのである。

熟しても落下しないのは、人間が落下しないように、つくり上げてきたからなのだ。長い年月をかけ、脱粒性のないものを選択しつづけてきた結果、稲穂は熟しても脱粒しなくなったのである。

そしてもうひとつの不思議は、昔も今も、そこに「田んぼ」があるということ！

普通、同じ作物を毎年同じところに作ると、必ず連作障害が生じる。西瓜などのウリ類は、何年か間隔をあけないと、まったくできが悪くなる。カライモでさえ、質が低下していく。なのに、稲という作物は、もう何百年も、いや何千年も同じところに作りつづけてきたのに、それでも作りつづけることができるのだから、これはもうミラクルとしかいいようがない。

狭い国土のわが国にとって、主食たる作物を同じ場所で作りつづけることができるということは、これはもう天の恵みとしかいいようがないではないか！

そんなに不思議ですごいものが、時の政治力によって、どんどん抹殺されていくのだから、不思議でならない。

いったい今の世の中は、これからどんなすごいことになっていくのだろうか？　ぼくらはこの道を、このまま進んでもいいのだろうか……。

日食顚末記

「今世紀最長の皆既日食」と騒がれた今年七月の皆既日食。約六分間の皆既を観測できる十島村では、大手旅行会社と「日食ツアー」を発売。入島者を一五〇〇人に制限した。

島の南部では四分、北部でも約二分間観測できるわが屋久島でも、受け入れ人数を四五〇〇人に決定。「予約センター」を立ち上げ、半年前の一月中旬からツアー募集を開始したが、応募が殺到。二回線しかない電話はすぐにパンク状態となり、苦情も殺到した。

だが日食騒動が始まったのはそれよりもはるか以前のこと。個々の宿屋には、個別に問い合わせが相次いでいた。ぼくの営む小さな民宿とて例外ではなく、最初の問い合わせは、なんと七年ほど前のこと。当時、屋久島を舞台とした「まんてん」というNHKの連続ドラマがあり、その中で今回の日食のことが紹介された。「ずいぶん先の話だなあ」と思っていると、問い合わせの電話が鳴った。「宿を予約したいのですが……」という。

思わず、絶句した。七年後に民宿をしているのかどうかもわからないし、果たして生きているのかさえも定かではない。来年の予約帳さえないのだから、とてもそんな先の予約なんか受けられるわけがない。ここは無難に、いつもの手でお断りするしかない。

「申し訳ありません。あいにく満室と成っております」

と言うと、「えーっ！　満室？　本当ですか！」とびっくり仰天した様子。その生真面目で大きな声に思わずたじろいだが、もう後には引けない。馬鹿な嘘をついてしまったとしどろもどろになりながらも、丁重にお断りした（あのときのお客様さんはその後どうしたのだろうか。気が小さくて嘘のつけないぼくは、ずっと後までそのことが気になって仕方がなかった）。

結局、日食当日ぼくの民宿では、一五人の宿泊客を受け入れたのであるが、日食の前日まで来る日も来る日も電話の応対に追われた。宿泊客が確定してからの約五カ月間は、日に二〇件ほど掛かってくる問い合わせに、ひたすら頭を下げ、断りつづけた。早朝から深夜まで謝りつづけていると、なんだか自分が今にも破裂しそうな爆弾のように思えてきて、「こういうのを、まさにニッショクソクハツ状態っていうんだろうね」と冗談を飛ばし、なんとか暴発をまぬがれていた。同業者との間では、「もはや怪奇日食って、天災だよね」というのが、日常の挨拶用語となった。

そんな膨大なエネルギーを費やして、いよいよ日食当日の朝を迎えた。ところがなんと、雨！「嘘だろう？」と思って飛び起きてみると、間違いなく雨。昨日まで、ずぅーっと晴天が続いていたのに……。まるでキツネにつままれたような気分だった。

東西南北の友人知人に電話を掛けまくったが、どこも雨。晴れる可能性があるとしたらたぶん永田だろうと思い、三回ほど連絡を取ったが芳しくないといわれ諦めた。仕方なく、福岡から呼び寄せた孫や娘達と一緒に、近くの広場へと出かけ、「そのとき」を待った。雨は小止みになったが、残念ながら雲が厚く、終始太陽の姿を拝むことはできなかった。

だがそれでも皆既の瞬間には、あたり一面がすっかり薄暗くなった。さきほどまで数多く飛んでいたトンボの群れが忽然と消え、遠くで犬がほえ、自動販売機の灯りが点いた。車もライトを点灯して走っている。気温も幾分下がり、涼しげになった。それなりに皆既日食の雰囲気を味わえたが、大どんでん返しの日食騒動であった。

その夜、久しぶりに「流れ船」に乗った。雨が上がり、満々と水を湛えた川は、霧に包まれ、一羽の白鷺が悠然と川面を横切った。新月の闇夜の中、やがて雲間に木星が光を灯した。振り返れば黒々とした山がどっしりと横たわっている。その山々から流れ出てくる、まるで深い呼吸のような川の流れに身をまかせているうちに、ようやく気持ちが落ち着いてきた。気がつけば、事あるたびにこの川の流れに癒されてきたように思える。

気分がよくなると、なんだか可笑しくなってきた。例年七月二二日前後は、晴れの特異日といっていいほど快晴が続く。みんなが待ち望み、あれほど入れ込んできたのに……、なのにお構いなく雨を降らせてしまうのだから、この島はすごい。「まさに雨の島の面目躍如たるではないか」。そう思うと、笑いがこみ上げてきて、なんだか痛快な気分になった。

空から雨が降り、雨を受け止めた山から川が流れ出し、海へとたどりついた水は再び空へと還る。終わりはまた、新たな始まり。この島の水の循環に癒されながら、その大いなる流れを損なわないように、ぼくらはその流れに身をまかせて生きていくしかない。自然はどんなときでも、人間の思うようにはならないのだから……。

焼酎とモンキュール

秋は、稔りの季節である。島の畑では、かつて主食であったチョンボ（里芋）やカライモ（サツマイモ）が、土の中で大きく育ち、収穫時期を迎える。

水田に適した土地の少ない屋久島にとって、その二種類の「イモ」は、貴重な作物であった。共に繁殖能力が高く、誰にでも簡単に作ることができるし、前年に収穫した種芋を使って殖やせるので、持続して作りつづけることができるからである。

カライモの場合、数枚の葉がついた茎を挿すだけで定植できるし、やせた土地でもよく育つ。チョンボは、自家採取した種芋を植えるだけでいい。元肥をたっぷり入れておけば、あとはこの島の風土が育ててくれる。加えて、共に長期間貯蔵がきくから、翌年の収穫時期まで食いつなぐことができる。主食とするには、うってつけの作物だった。

だが、今はもう誰もカライモを主食として食べる者などない。かつてこの島の先人たちは、それらのイモによって命をながらえてきたのだけれど……。

江戸時代に導入されたカライモに対し、チョンボの歴史は、はるか縄文時代にまでさかのぼる。語源は不明だが、南方起源のその植物の生命力は凄まじい。夏空に広げた大きな葉っぱを見ているだけで、逞しさが伝わってくる。雨上がりの朝、その葉の上に水滴が乗り、かすかな風でコロコロと動くさまを見ていると、往時が偲ばれる。きっと先人たちもそんな光景に心躍らせたことだろう。

正月二日の書き初めのとき、島ではそのチョンボの葉に溜った露を集めて墨を磨る。子どものころ、眠たい目をこすりながら露を集めて回った記憶がある。凛とした空気に触れ、ピンと背中を伸ばして正座し文字を書くと、字が上達するといわれた。なぜ若水ではなくチョンボの露なのか、なぜ字が上達しなかったのか、その理由はよくわからないが、そんな思い出もまた今は昔の話である。

しかし、長い歴史の中で刻まれた記憶は簡単には風化しない。島人たちが仲秋の名月にささげる供え物の主役は、今でもチョンボとカライモである。収穫したばかりのイモを盆に乗せ、花瓶に薄を飾り、満月に豊作を感謝し祈りをささげるのである。

そのときの感謝の盃は、もちろん焼酎である。もうカライモを主食として食べる者などないと先に書いたが、カライモは今や焼酎という形に姿を変え、「夜の主食」の如き面構えで生き残っている。

名月と焼酎を酌み交わすころ、ぼくの心を占めるもうひとつの秋の稔りがある。それは、「サルナシ」である。サルナシとは、キウイフルーツの原種で、ぼくの暮らす宮之浦では「コッポ」と呼んでいる。コッポは、形こそ小さいが、中身はまさにキウイフルーツそのものである。島の子どもたちにとって、それは春の野苺と並ぶ、秋の貴重な果実であった。

だが大人になったとき、コッポは「モンキュール」と名を変えた。かつての主食であったカライモが焼酎となったように、かつてのフルーツは果実酒へと変身したのである。

モンキュールというのは、造語である。果実酒愛好家が、サルナシのサルとモンキーをかけ、さらにリキュールと組み合わせて命名したものであるが、まさにモンキュールは、果実酒の王様である。熟成時のその琥珀色の色合いといい、上品にして甘美なその口当たりといい、絶品である。

毎年、九月ともなるとソワソワする。もう三六年間も作りつづけているのに、サルナシが熟すころになると、心が躍るから不思議である。強敵の猿や、友や愛好家たちを出し抜き、新たなモンキュールを仕込み終えると、ようやく心が落ち着く。夜、ホッとして昨年の熟成したモンキュールをグラスに注ぐ。まさに至福のひとときである。

そんな至福の中で、ふと人生における稔りのときとはいつなのだろうかと思う。愛する人と巡り会い、結婚したときだろうか。子どもに恵まれたときだろうか。それとも何もかもわかりあえる友を得たときだろうか。いずれにしても、人生の稔りのときというのは物質的なものではなく、誰かと確かに繋がりあえたり、自分の思いが誰かに受け継がれていることを実感したりしたときに、それと気づくものなのかもしれない。

今年の夏のこと。小学二年の孫娘が、一人で島にやってきた。「私の故郷は屋久島だから」と二〇日ほど滞在し、福岡へと帰っていった。その孫から、ひらがなで書かれた手紙が届いた。「じいじ、ばぁば、やすみのあいだおせわになりました。ありがとう。わたしはながいじかんおせわになったとおもいます。やくしまにいって、すごくたのしかったです。ほんとにありがとう。たのしい、なつやすみのおもいでができたよ」と。

宛名書きもすべて自分で書いた孫からの初手紙！　これこそが、まさに人生の稔りでなくてなんだろう。

そんなうぶな孫たちが、これからこの地球で生きていくのである。人間という動物は「失敗作」なのかもしれないが、もしそうだとして、もうこれ以上地球を住みにくいものにしてはならない。ましてや、これから未来を生きる子どもたちに、重荷を背負わせるようなことは、断じてしてはならない。

そんなことを思いながら、友とモンキュールを酌み交わす。ずいぶん暗くなった夜に押しつぶされそうになりながらも、「いざとなったら老人革命を起こすのだ！」と熱く語り合っては、さらに杯を重ね、気合も血圧も一気に上昇するのであった。

雑木山

観光客にとって「屋久島の山」といえば、たとえば九州一高い宮之浦岳であったり、縄文杉のある高塚山だったり、あるいは屋久杉ランドや白谷雲水峡を思い浮かべることだろう。

だが島で暮らす者にとって、「山」といえば、集落の背後の山や林を意味する。少なくともぼくやこの島に古くから住む者にとってはそうだ。シイやタブ、クスやマテバシイ、ヤマモモなどの照葉樹林が生える身近な山――。それは、裏山と呼ばれたり、雑木山《ざつぼくやま》と呼ばれたり、身近すぎるがゆえに蔑ろにされてきたが、ぼくらがこの島で日々暮らしを積み重ねていくためには、なくてはならない大切な空間である。

だが、そんなぼくらの「山」も、そして観光客にとっての「山」も（そこはぼくらにとって普段

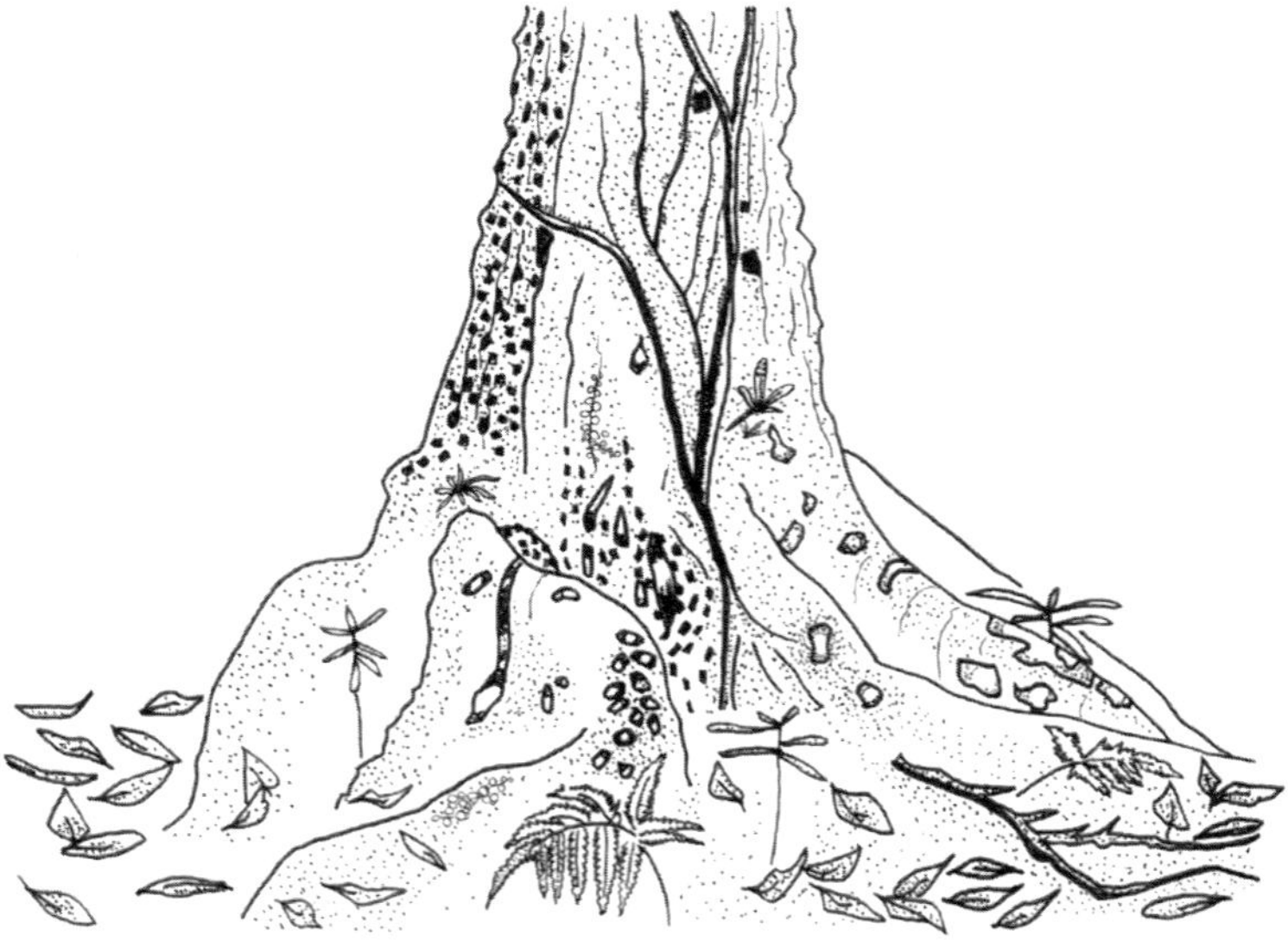

行く所ではないとしても、心の支えである重要な場所なのであるが)、またたく間に変貌してしまった。

「昔々、お爺さんは山へ柴刈りに行きました」という昔話をご存知だろうか。いわゆる「桃太郎話」であるが、その有名な昔話を、悪ガキだったぼくらは、次のように作り変えて笑いころげていた。

「昔々、お爺さんは山へ柴刈りに行きました。お婆さんは川へ洗濯に行きました。お爺さんは、山で大きなウンコをしました。どんぶらこ、どんぶらこと流れてきたそのウンコを、お婆さんは家へ持ち帰りました。大きな味噌が流れてきたと勘違いしたお婆さんは、鍋に入れて味噌汁を作り、お爺さんと一緒に腹いっぱい食べましたとさ」

人間の脳味噌というものはおもしろいものである。突然そんな五〇年ほども前の古い記憶を思い出すのだから……。だが、そのころはたわいもないパロディーだったものが、やがて現実となるのだから恐ろしい。島人にとって、「奥岳」という非日常的で畏敬の空間であった場所までもが、今や糞尿まみれになってしまった!

世界自然遺産登録から二〇年。あふれる登山者、あふれる糞尿。相も変わらず、その場しのぎの身勝手な言い分が横行し、振り上げたはずの大鉈は空中で宙ぶらりんになっている。

今は亡きわが親友S君の皮肉たっぷりな呟きが聞こえてくる。「宮之浦の人たちはぐらしかよねぇ。高塚小屋の周りに埋められた糞尿が、雨が降るたびに川に流れて……。そん川で泳ぎよってやもんねぇ」

当時営林署で働いていた彼は、「カネオリ谷は、ウンコの臭いで満ちている」と嘆いていた。

話が脇道にそれてしまった。雑木山に話を戻そう。

かつて薪や炭の供給源として重宝された雑木山。その雑木山が大量に伐採されたのは、昭和三八年パルプ資本により屋久島森林開発株式会社が設立されて以後のこと。熊本営林局の資料によると、設立後わずか一〇年間で、一二三万平方メートルもの広葉樹が伐採された。その数字の厖大さが理解できるだろうか？　たとえば、ぼくの家での薪の使用量＝年間約三平方メートルを基に計算すると、なんと現在の屋久島の全六八〇〇世帯が「六〇年間」も風呂を沸かし、暖をとれる量に相当するのである。

森が伐られるのには、その時代背景がある。今、こんな数字をもち出したのは、過去を非難するためではない。屋久島の森が、それほどの豊かさを蔵しているのだということを言いたいのである。

人間が生をつないでいくために、森はこれからも伐られつづけていくことだろう。だがかつてのように大面積を皆伐して杉の単一林に変えていくような利用の仕方ではなく、この島での永続的な暮らしぶりを見据えながら、もう少し上手くやりとりする術があるのではないかと思うのである。

今から約二〇年前、父の植えた杉の木を切り倒した。樹齢四十数年、丹精込めて育てた杉は十分な大きさがあったし、面積も七反歩ほどあったが、たいして金にはならなかった。当時「杉一本と大根一本の値段が同じ」といわれた時代で、実際家を建てるのに、自分の山で育てた杉を使うより鹿児島から製材したものを輸入したほうが安くついたのである。

そのとき、父には悪いと思ったが、切り開いた場所をぼくは雑木山に返すことにした。本来なら、先祖が植えた木を切った者は、子孫のために植林しなければならないのだが、馬鹿息子は敢えて放置した。

標高一〇〇メートル。日当たり良好となったその場所に、アオモジやアカメガシワなどがまず芽生え、やがてイイギリやシイ、カシなどの大木が育ち、今やそれなりの雑木山となった。これまで門松用にシイの若木を採ったり、風呂焚き用の薪を拾ったりしてきたが、昨年ようやくシイの大木を三本いただけるまでになった。それらを玉切って椎茸の原木とし、この冬わが家の食卓には、見事な椎茸がふんだんに供されることとなった。

雑木山がいかにありがたいものであるか、それは物心ついたときから風呂を焚きつづけ、火鉢を使いつづけてきたので実感するところであるが、昨年思い立って薪ストーブを設置してから、ことさら心に沁みて感じるところとなった。

火を焚くという行為は、人間が人間となった原点であるというが、その原点の炎を見つめて過ごす時間は、なんとも穏やかで心地よい。一日の仕事を終え、チロチロと燃える赤い炎と無言で語り合いながら、焼酎の杯を重ねる……まさに至福のひとときである。

古きわが家

ぼくが今住んでいる家は、一八七七年に建てられた。棟札には「明治一〇年一一月吉日建立」とあるから、今年の一一月で築一三三年になる。

「そんな古い家に住んでいるんだ」と驚く人もいれば、「いいなぁ」とうらやましがる人もいるが、夏は暑く、冬は寒い。お世辞にも快適な居住空間とはいえない。北西の風が強くなるころには、隙間風が口笛を吹きながら家の中を駆け抜けていく。

「これはもう隙間風なんかじゃない。外と同じ風だよ」とある人に言われ、びっくりしたことがある。しかし自分の家の中だけが快適空間であればいいというのは人間のエゴなわけだから、今風にいえば「自然に優しく環境にマッチしたエコ家屋」の最先端をいっているのかもしれない。本当に「エコ」をいうのであれば、それは当然人間の側にもある程度の我慢を強いるものでなければ、嘘っぽい。


屋久島は雨の島だ。山奥では、年間一万ミリ。人々が暮らす里地でも五〇〇〇ミリ近い雨が降る。そして、台風の島！　だからこの島の家は、雨仕舞いと風仕舞いの両方を考慮してつくらなければならない。台風を考えれば屋根の勾配はゆるいほうがいいし、逆雨を避けるためにはきついほうがいい。

古きわが家の屋根は、切妻造の三寸五分勾配。つまり約一九・五度とかなりゆるい。一〇〇年以上も前の大工さんが選択したその勾配は、雨よりも風を重視したのだろう。

一級建築士の真辺末彦さんによると「勾配がゆるいほうが風の当たる面積は小さい。だが当時の大工がその目的で三寸五分にしたのかは定かではない。なぜならそのころの屋根は、平木を石で押さえていたはずだから、石がずれ落ちず雨漏りが最も少ない勾配で決まったのではないか」

という。確かにときどき雨漏りもしたが、それでも一三〇年余も台風の試練に耐えてきたのだから、その選択は正しかったといえるだろう。

キャクロづくりと呼ばれる古きわが家が、今風の家と決定的に異なるのは、「基礎が固定されていない」こと。束石の上にただポンと乗っかっている姿は、まるですっぽんぽんの下半身のようで頼りない。こんなつくりでよくぞ耐えてきたなと感心する。

だがその開放的な空間は、多湿な風土にはうってつけのつくりであったし、シロアリ対策としても効果的だった。猛烈な台風が上陸したときには束石からずり落ちることもあったそうだが、それでもまたひょいと乗せて元通りに復元できたというから、まさに島の風土に最適の建物だったといえるだろう。

「だった」という表現をしたのには、訳がある。というのは、もはやぼくの住む宮之浦集落では、そんな家をつくりたくても絶対につくれないからである。たとえ自己資金で建てるとしても、コンクリート基礎にボルトで固定したつくりでないと建築基準法をクリアできないのである。屋久島の風土に適した家が台風に対して強度不足だから許可を出せないというのであれば、わが古き家はいったい何物なのだろう？　そんな様式の家がもう二度とつくれないとしたら、果たして伝統とは何なのだろうか？　なんとも摩訶不思議な話である。

「台風銀座」屋久島に六〇年近くも暮らしていると、いつの間にか台風にも慣れっこになってしまう。隙間風に慣れっこになってしまったように。

川のすぐ近くにあるため、わが家は過去何度も床下浸水した。床下まで水が浸水してくるときには、前兆がある。川に棲む蟹たちが避難してくるのである。家の隅っこを這いずり回っているうちに、蟹たちは全身埃まみれになってしまう。ふと気付くと、埃の固まりがコソコソと動き回っているのだから、なんとも滑稽だった。玄関にはひたひたと水が押し寄せ、靴や下駄がぷかぷかと浮かんでいる。そんな光景に妙に心が弾んだのだから、ぼくは妙な子どもだったのかもしれない。台風のさなかに出歩くのも好きだったし、台風の直後に海へ行くのも楽しみだった。

数年前、娘一家が孫を連れて帰省していたとき、久しぶりに床下浸水した。あっという間に水位が上がり、ゆらゆらと漂う靴をなんとも懐かしい気持ちで眺めていると、カミさんに喚かれてしまった。「キャーッ！　早く避難しないと！」

「大丈夫だよ」とぼくがヘラヘラ笑いながらなだめると、「その根拠は何なの？」と詰め寄られた。

詰問されると、まるで自分が何の根拠もなくヘラヘラと生きてきたようにも思えてきて、返答に詰まってしまった。考えてみれば、人間の経験なんて高が知れている。自然はつねに人智を越えているし、ぼくの考える根拠なんて所詮思い込みにすぎない。台風や、そしてカミさんに逆らうなんて、とんでもないことだと後になって気付いた。

家の外の台風も、家の中の台風も、やってきたら大変だ。できれば来てほしくない。だが台風が来るのは「当たり前」のことなのだ。ひたすら耐えて、過ぎ去るのを待つしかない。

今から一二、三年前だったか、サンゴが白化して死滅したことがあった。いつもの年であれば、台風が海水を撹拌して海水温を下げるのだが、その年は上陸はおろか接近することもなく、ほぼ壊滅してしまった。台風の存在を前提として、この島の自然も、そしてこの島の暮らしぶりも成り立っている。身の程をわきまえ、そして受け入れるしかないのである。自然と人間との関係は(もちろん人間対人間との関係においても)そういうものなのだと思う。謙虚にならなければ、未来にぼくらの居場所はない。

遭難

例年のことながら、冬になると観光客が激減し、どこの民宿でも閑古鳥が鳴く。冬場をどう乗り切るかが島の民宿の共通課題だが、そんなオフシーズンでも、なぜか満室になるときがある。カレンダーの休日とは符合しないので、人の動きというのは予測しがたい。

一月二八日、月曜日なのにたまたまわが宿も満室となった。ところがそんな日に限って、わざわざ宿まで訪ねてこられるお客さんがいるのだから、不思議なものである。

「旅の者です。泊めてください」

明るく弾んだ声の青年だったそうだ。カミさんは、せっかく訪ねてきてくれたことに感謝しながらも、「申し訳ありませんが、満室なんですよ」とことわりを告げて、すぐ近くにある民宿を紹介した。ところがその青年はどうしてもうちに泊まりたかったようで、その夜再度訪ねてきて、翌二九日から三泊宿泊することとなった。

翌朝、ぼくらが民宿に不在のときに、青年は宿に荷物を置きに来たらしく、他の宿泊客らに「夕方には帰ってきます」と告げて、白谷雲水峡へと出かけていったという。

だが、青年は帰ってはこなかった……。

その日の午後一時半、宮之浦港の海運会社に電話が入った。「白谷雲水峡で、ぼく、道に迷ったみたいです」と。

応対した職員が名前を聞き出そうとしたが、すぐに切れてしまったという。白谷雲水峡一帯は、電波の谷間にあたり、四五〇ヘクタールの広大な森の中で携帯電話が通じる場所は、ほんのわずかなポイントしかない。しばらく待ってみたが、二度目の電話はかかってこなかった。いたずら電話かもしれないとも思ったが、ともかく消防に届けることにした。

迷った人の名前もわからぬまま、消防から連絡を受けた警察が、遭難者を特定したのは夕方になってからだった。

「今夜お宅に泊まるはずの人が遭難しました」

警察から連絡を受けて、カミさんはびっくり仰天したという。なぜ、ウチの民宿に泊まるはずの青年だとわかったのか。それは、その青年がとてもおしゃべりな人だったからである。

二九日、白谷に入った観光客は三三人いたそうだが、受付の女性がその青年のことをよく覚えていたのである。

「夕べTという民宿に泊まり、もののけ姫の森を見て最終バスで帰り、今夜から違う宿に泊まる」と、事細かに喋っていったのだという。

結局、最終バスの時間になっても、その青年が降りてこず、警察は、東京からの旅行者Hさん（三五歳）と断定。捜索に乗り出した。

だがその夜、Hさんは見つからなかった。夜九時を過ぎると雨が降り出し、気温もグンと下がった。食糧は、昼飯用にと持参したカロリーメイト一箱だけ。ライターも懐中電灯も持たず、防寒用のコートも、なぜか荷物と一緒に宿に置いてあった。

夜遅くには昇ってくるはずの二十三夜の月も雨雲に隠されていた。暗く冷たい夜の底でいったいどうしているのだろうか。病気のために服用している薬も、昼までの分しか持参していない。冷静さを失ってはいないだろうか。パニックに陥って闇の中で転げ、怪我をしているのではないか……。

一晩中、カミさんもぼくも、悪い方向へと走り出す思考を制御できず、なかなか眠ることができなかった。とくにぼくは、Hさんの顔を見ていないので、余計に落ち着かなかった。白谷の森が、ルートを外れて奥へ分け入ると、とてつもなく深い森であることを知っているので、ことさら心配だった。

翌三〇日、山岳救助隊と警察が、三〇人態勢で本格的に捜索を再開した。山岳ガイドの人た

ち も応援に駆け付けた。鹿児島県警のヘリコプターも出動。「Hさん、あなたを今捜しています。がんばってください」と上空から呼びかけた。幸い天気もよく、なんとしてでも今日中に見つけ出そうと、救助隊は懸命の捜索を展開した。

大きな屋久杉を蔵する白谷の森は、うっそうと生い茂っていて、深く暗い。捜索隊とダブらないように、それまでに知りえた情報を元に、Hさんの行動を予測しながら、ぼくも友人と森に分け入った。途中ヘリの呼びかける声が聞こえたので空を見上げたが、木々の隙間からかすかに望めただけで、あっという間に遠ざかってしまった。もしHさんがヘリに気付いたとしても、ヘリはHさんに気づきようもないだろう。

その日の午後、Hさんのご両親が屋久島に到着。だが結局Hさんは発見されず、その夜ご両親は、Hさんの置いていった荷物を見つめながら、長い一夜を過ごした。

翌三一日、午後からは警察犬も導入された。警察としては、現場に遺留品がなく、また雨が降った後なので消極的であったが、ご両親の強い要望で実現した。四頭の警察犬が県警ヘリで鹿児島から運ばれ、車で白谷まで搬送。四頭のうちの元気な二頭が、民宿に残されていた洋服の匂いを嗅いだ後、白谷の森へと放たれた。昨夜、森はかなり冷え込んだようで、木々にはツララが下がっていた。

その日の捜索隊は四〇人態勢。加えて山岳ガイド十数人がボランティアで参加。終日、手分けして捜したが、見つからなかった。

夕方、白谷の駐車場に集結し、円陣を組んだ捜索隊に向かい、ご両親は深く頭を垂れた。そして声を絞り出すようにして「お疲れでしょうが、なんとか翌日もよろしくお願いします」と懇願した。

晴天が続いた分、気温は一段と下がり、じっとしていると身体が震えた。冷たく重苦しい空気の中で、だんだん希望が遠ざかっていく。「解散!」の声でわれに返ると、誰もが無言で地面を見つめていた。

世間では、「もう生きてはおらんじゃろう」というのが、大方の反応だった。「こんだけ寒かれば、凍え死んどるよ」。絶望的な声が、アチコチから聞こえてきた。そんな世間の冷ややかな言葉に、ぼくもカミさんも打ちのめされそうになっていた。「なんとか生きていてほしい」と切に願いながらも、日を追うごとに生存の確率は下がり、悲しい結末をなかなか払拭できないのだった。

ご両親もまた、そんな世間の声が耳に届いたのか、憔悴しきっていた。今にも泣きだしそうなご両親の顔を見ているのがつらいと、カミさんはさらに落ち込むのだった。

三一日夜、現場での捜索隊解散後、救助隊の幹部たちが役場の応接室に集まり、翌日の打ち合わせを行った。ご両親と、今日到着したばかりのHさんの姉も同席した。重たい空気が、家族の沈黙でさらに重たくなった。

山岳救助隊は、地元の消防団によって組織されている。屋久島の各集落に設置された自治消防団員の中から、山に詳しい三〇人が選ばれて組織された、いわゆる山岳捜索の精鋭部隊である。その隊長を務めるKさんは、雷に直撃されたのに一命を取りとめた伝説の男である。ミーティング終了後、そのKさんがご両親の前にやってきて言った。「息子さんは生きてますよ！　これだけローラー作戦を展開したのに見つからないということは、生きて動き回っているからですよ」

言葉というものは摩訶不思議なものである。疲労困憊し、絶望の沼に落ち込んでいたご両親の顔に、みるみる間に色が戻ってきた。そんな二人の顔を見つめながら、Kさんは力強い声で付け加えた。

「きっと、明日には見つけだしますよ！」と。

言葉のもつ力に感動しながらも、ぼくはそんな約束をしてもいいのだろうか？と少し不安になった。

だがその毅然とした言葉で、心に希望の光を取り戻したご両親は、まるで別人のように元気になっていた。そんなご両親を見ていると、本当に明日には見つかるかもしれない、そんな期待がぼくの中にも膨らんでいった。

翌二月一日午後一時、救助隊は標高約九〇〇メートル地点で、ザックを背負ったまま谷川の岩の上に横たわっていたHさんを発見した。Kさんの読み通り、闇雲にアチコチ動き回っていたのだろう、脚にいくつもの打撲や擦り傷が見られたが、命に別条はなかった。現場では、ヘリコプターで吊り上げるか、それとも人力搬送するかでひと悶着あったが、結局県警ヘリが出動し、無事に病院へと搬送した。

病院へ駆けつけると、ご両親はHさんと対面、喜びの涙を流していた。

山岳救助隊の隊長Kさんは、ぼくの中で新たなレジェンドとなった。

土葬の時代

「お盆」が来ると、島は一挙に賑やかになる。どこの家でも、子どもたちや親戚が里帰りして、家は雑魚寝状態となる。加えて、「あの世」からもご先祖様たちが大挙して還ってくるのだから、迎える側は大変だ！

まずは集落をあげて、「クリーン大作戦」なるものが展開される。地区民一同、早朝六時から公民館に集結。手分けして、生い茂った町道の草刈りや側溝などのドブ掃除を行うのである。各自草払い鎌やチェンソー、スコップなどの道具を手に、二、三時間ほど懸命に汗を流す。原則、各戸から最低一人は参加するので、あっという間に集落全体がまるで五分刈りの坊主頭みたいに綺麗になる。

そのクリーン大作戦を皮きりに、後は個人個人で、それぞれの家の周りのゴミを片付け、生け垣なども刈り込んで、お盆を迎える準備に勤しむ。家はもちろんのこと、墓所の雑草も一つ残さず抜き取る。御影石でつくられた墓石もピカピカに磨き上げ、そして最後の仕上げとして、海から運んできた白砂を一面に撒いて、クリーン作戦は完了する。

昭和五〇年代になると、共同墓地は納骨堂形式へと整備され、さすがに白砂を撒く所は少なくなったが、それでもぼくは今でも海から白砂を運んでいる。海の水で清められた白い砂を墓所一面に敷き詰めると、まるで自分の汚れた心の中までも清められたかのように思えるからである。

島は、周りを海に囲まれている。だが、集落内の大半の家からは、直接海を望むことはできない。海を一望できる場所に家を建てたら、さぞ気持ちがいいのだろうが、台風銀座の住人たちは高台に家をつくるのを避けてきた。なぜなら、見晴らしがいいということは、風当たりが強いということだからである。ぼくの暮らす宮之浦集落でいえば、かつては標高六〇メートル以上に住む者はなく、川の傍のわずかな平坦地に肩を寄せ合うようにして生きてきた。ぼくの家などは、海抜二メートルもないので、増水するたびに床下浸水したものである。

なのに、共同墓地は例外で、集落で一番の高台にある。お寺の横の、カナクソ坂という急な上り坂を登りつめた所にあって、海を一望できる一等地に設けられている。視界を遮るものが何もないので、種子島からロケットが打ち上げられるときなど、近隣に住む人たちの絶好の見物場所にもなっている。

普通墓石は、北向きか西向きに建てられる。お釈迦さまが涅槃に入るときの、「頭北面西」にならってそうするのだと聞いた。ところが、わが集落の墓石たちは、そのほとんどが東のほうを向いている。お坊さんに訊くと、「いいんですよ。気持ちのいい方向を向けば！」という。なんとも深い言葉である。

斯くあれと思う。死んでしまった人たちはもう、この世の決まりごとから解放されているのだから、気持ちのいい方向へと、自由に行かせてあげればいい！　海は、そこから人がやってきて、そして還っていく所なのだから……。それに、どんなに風が強くったって、もう失うものは何もないのだから……。

だが土葬が行われていた時代、そこはけっして気持ちのいい場所ではなかった。毎年毎年、幾つもの死体が埋葬され、時折り青白い火の玉が飛び交う、不気味な場所だった。古びた墓は、それなりに怖かったが、埋《い》けられたばかりの生々しい墓は、もっと怖かった。

今年埋葬されたばかりの墓には、真新しい「霊屋」が置かれる。霊屋というのは、小さな家の形をした上屋《うわや》で、埋けられたばかりの死者の頭上に直接雨が降り注ぐのを防ぐ覆いでもあり、死者の住まいみたいなものでもある。それは、人一人がしゃがんで入れるほどの大きさで、その背面には「先島丸」の絵が描かれる。死者の魂はその船に乗って、この世の先にある島へと渡っていくのである。

これまで誰も、先島丸という船を見た者はいないが、ぼくの暮らす集落では、死者は先島丸に乗ってこの世の先にある島へと渡っていくと信じられていたのである。そう信じていたからこそ、残された者たちは「無事に渡れますように」との思いを込めて、霊屋に先島丸の絵を墨書したのである。

わが家のできごとで言うと、ぼくのすぐ上の兄は三歳で亡くなった。昭和二二年のことだが、破傷風の高熱にあえぎながら息を引き取る寸前、「船が来た……」とつぶやいたという。枕元に居た親たちは、一斉に「そん船に乗んなよぉ！」と叫んだ、と後に姉から聞いた。だが兄はその直後、帰らぬ人となった。

ぼくがまだ生まれる前の話であるが、その船がたぶん先島丸だったのだろう。その後、ぼくが一〇歳のときに母はこの世を去り、その二年後には祖父が亡くなった。なぜか父はぼくに筆を持たせたので、小学生のぼくは二人の霊屋に大きな先島丸の絵を描いた。


墨の香の漂う、真新しい霊屋の周りには、野辺送りのときに使われた赤や白や青色の昇り旗が立てられる。亡くなった人が、生前はどんなに貧乏で、どんなに不遇な人生だったとしても、せめて死んだときには大名行列で送ってあげたいとの思いから、たくさんの昇り旗を立てて野辺送りをするのである。

だが、それらの旗も、幾歳月雨ざらしや日ざらしにされると、やがてボロボロになって、まるで死者の怨念のような不気味さを醸し出す。風の強い日など、ちぎれそうな旗や今にも壊れそうな霊屋が、地の底から聞こえてくるような呻き声をあげ、生きている者たちに迫ってくる。

だがそんな、身の毛もよだつような気色の悪い場所も、悪ガキたちにとっては絶好の遊び場だった。「肝試し」をするには、まさに打ってつけの場所だったのである。肝試しのルールはいたって簡単だった。墓地の真ん中辺にある霊屋に、たとえばリンゴを持っていって置いてくる。そしてその次の人が持ち帰ってくる。それを繰り返すだけである。それは単純な遊びであったが、今思うと、子どもが大人になるための通過儀礼のひとつでもあったような気がする。恐怖を乗り越えて、少年は大人へと成長していくのである。

ずいぶん後になってから聞いた話であるが、ぼくの後輩たちの肝試しは傑作だった。それは、たった一人の少年を脅すために企てられた。「オイには、何んも恐ろしかもんなないか！」とうそぶくAを、ぎゃふんと言わせるために仕組んだのだという。

シナリオは、こうである。一番最後にAにリンゴを取りに行かせるのであるが、それまではすべて仕込み。行って帰ってくるたびに、みんなわざと大げさに震えて見せ、下地をつくっていく。そしていよいよAが出かけるのであるが、その時霊屋の中に一人忍び込んで待っている。そしてAが、霊屋のリンゴを取ろうとしたそのとき、中から手が出てきてAの手をわしづかみにするという段取り……。

そのシナリオで一番の難点は、いったい誰が霊屋に潜り込むかということだったらしい。そこが決まらなければ、肝試しは完結しない。結局、自ら手を挙げる者は誰もなく、最終的にはジャンケンで決めたという。そして、シナリオは実行された。

みんなが耳を澄ましていると、「ギャーッ！」というAの叫び声が闇をつんざいた。してやったり！　みんなしてガッツポーズ！　なんとも愉快な夜だったという。

ところが、後日奇妙なことが判明した。ジャンケンで負け、霊屋に入ることになっていた者が土壇場で怖くなり、そっと霊屋を抜け出して、そのまま家に逃げ帰っていたというのである！

この世には、なんとも不思議なことがあるものである。


そんな遊びも含め、当時死は身近なものだった。ぼくの母も、祖父も、そしてやがて父も、家で亡くなり、その死のすべてにぼくは立ち会った。

ぼくは四男なので、出産に立ち会うことはなかったが、兄も姉もみんな家で生まれた。日々暮らす家の中に、死も生も、かつては当たり前のように同居していたのである。死と生は、ひとつながりのものとして存在し、現在のように「分断」されたものではなかったのである。

小学四年生のときに母を亡くしたぼくは、五年生になったときからアルバイトを始めた。家が貧乏だったし、また少しでも自立しなければと思い、最初にしたのは新聞配達だった。朝刊はないので夕方配ればよく、そんなにしんどいものではなかった。だが船が欠航した場合など、三日分もの新聞はズシリと重かった。

中学生になったときには、朝六時前には起きて豆腐屋のアルバイトもした。自転車の荷台に水を張った一斗缶を載せ、その中に豆腐を入れて店まで配達するのであるが、その初日とんでもない失敗を仕出かしてしまった。当時、道は未舗装で凸凹の悪路だったのだが、張り切りすぎたぼくは我武者羅に自転車をこいで配達したのだった。蓋を開けてみると、豆腐は見るも無残にグチャグチャに壊れていた。だが、その店のオバチャンは笑ってすべての豆腐を引き取ってくれた。ぼくは今でもその店に恩義を感じている。

以後高校時代まで、ぼくはさまざまなアルバイトをしたのだが、なかでも一番高収入だったのが、「墓掘り」のバイトだった。高校生のとき、ぼくは「トクやん」と組み、幾つもの墓を掘り起こした……。

島での戒《いまし》めのひとつに、「墓所は広くもつな!」というのがある。なぜなら、墓所をたくさんもつということは、それだけ多くの人を埋葬するということになるからである。だから所有しても、せいぜい一坪! それが平均的な墓所の広さだった。

だが、島はだんだん過疎になっていっても、墓はどんどん過密になっていく。わずか一坪ほどの土地では、あっという間に満杯状態となってしまう。したがって、埋葬してから一〇年ほど経過したら、墓を掘り返して骨を拾い集めなければならない。次なる死者を埋葬するために……。

そこで墓掘り人が必要になるわけであるが、なぜ純情な高校生であるぼくが、そんなシビアな仕事を引き受けなければならなかったのか? それは、高収入だったせいもあるが、大好きなトクやんに頼まれたからである。

キビナゴ獲りの漁師であったトクやんは、ぼくの父の友人だった。友人といっても二人の関係はおもしろく、父は下戸で一滴も飲めず、トクやんは大飲兵衛だった。週に二、三度、トクやんは遊びにやってきた。ぼくの家にはアルコールがないので、いつも焼酎を持参。一人で飲み、一人でしゃべりまくり、そしてベロンベロンになって帰っていく……。最初のころ、ぼくはそんなトクやんがあまり好きではなかった。

だが、ある夜のこと。テレビでマジックショーが始まったとたん、トクやんはプイッとテレビに背を向けた。そして吐き捨てた。

「オイは、人を騙す奴が一番好かん！　人間として最低じゃ。じゃぁかぁ、人を騙して金儲けをするマジックなんかちゅうのは、ひとつも好かん！」

それから一時間もの間、トクやんはテレビに背を向けたまま独り黙々と杯を重ねた。そのひと言で、ぼくはすっかり彼が好きになった。

そんなトクやんから、「墓掘りの手伝いをせんか？」と声を掛けられ、ぼくはなんのためらいもなく引き受けたのである。

なぜトクやんは、そんな人の嫌がる「墓掘り」などという仕事を引き受けているのか？　それには理由があった。

「黒不浄は、大漁！」なのだという。

死体を埋葬したり、墓を掘り上げたりする仕事をした後は、必ずといっていいほど「大漁になる！」のだと、トクやんは断言するのである。

それは、たぶん理屈では説明がつかないことなのだろう。人には人の、仕事には仕事の、それぞれのゲン担ぎやジンクスがある。たとえば、鍛冶屋のケン叔父は言う。

「黒不浄も、赤不浄も、どっちも駄目だ！」と。

身内に死人を出したばかりの人や、まだ喪が明けない人、あるいは生理中の女性などが、鍛冶屋に一歩でも足を踏み入れると、どんなに叩いても、鋼《はがね》が絶対にくっつかないのだという。

この世には、たかが人間の頭では理解できないことが、たくさんあるのである。

ところで、安請け合いしたものの、墓掘りのバイトは凄まじいものだった。死後一〇年という年月を経ても、死体の状態は千差万別だった。若くして死んだか、年老いて死んだかで、棺桶の中の状態には雲泥の差があった。年老いて死んだ人の場合、骨はカラッカラに乾いていて、苦もなく拾い集めることができた。だが、若くして死んだ人の場合、一筋縄ではいかなかった。

四〇代で亡くなった女性の棺桶を開けたときは、思わず後ずさりしてしまった。その人の家は、分限者だったのだろう。総屋久杉作りの棺桶は、まだ原形を保っていた。蓋を壊して中を覗くと、黒々とした髪の毛が波打っていた。棺桶の底にはタップリと脂が溜っていて、大腿骨を摑んで引き上げると、肉片がずり落ちた……。

そんなときは、トクやんの出番である。思わず後ずさりしたぼくを尻目に、黙々とそして淡々と、トクやんはすべての骨を拾い上げ、焚き火で焼いた後、骨壺に納めた。いくつもの墓を掘り、いくつもの骨を拾い集めているうちに、死はぼくにとって、より身近なものになっていった。

ぼくは今、母と祖父の亡くなった部屋で寝起きしている。妻は、父が亡くなった部屋で寝起きしている。ぼくらの生は、死とは無縁ではない。ぼくらの生は、無数の死の土壌の上に構築されている。

そう遠くないうちに、ぼくらも間違いなく死んでいく。やがて、ぼくらの死を受け継いで生きていく者たちのために、ぼくらの生は、有意義なものとならなければならない。そのために人は生まれ、そして死んでいくのであるから。

鬼火焚き

一月七日は、正月行事の締めくくりの日。メインイベントの鬼火焚きを筆頭に、七草、門回り、厄落としと、さまざまな行事が目白押しだ。朝から晩まで、大人にとっても子どもにとっても、慌ただしい一日となる。

だが昭和四〇年代までは、七日までを大正月、一四日以降を小正月と呼び、そこまでが正月行事の範疇であった（二〇日正月というのもあり、オーバンザオに吊るしてあったものをすべて降ろして食べる日だったという）。大正月が、年神や祖霊を迎え、無病息災を祈る行事であるのに対し、小正月は、農業などの豊作を祈願する行事が中心であった。

ぼくがまだ中学生のころまでは、宮之浦にも小正月の行事が残っていて、ケズリカケやダセメソを作った記憶がある。共にタブの木（イヌビワ）で作るのだが、ケズリカケはその先端に大判小判を模した餅を飾る。ダセメソは、タブの木の皮を剝いでらせん状に巻き、ローソクの炎などで煤をつけて仕上げる。ひと晩床様に飾り、翌一五日に子どもたちはその棒を持ち歩き、若い娘を見つけては黒い煤をなすりつけて回るのである。またメーノキ（エゴノキ）の枝先に赤白の餅飾りをたくさんつけたものを、テスバシラ（大黒柱）や台所に飾ったものである。

だが今や、そんな小正月の行事は、すっかり忘れ去られてしまった。ライフスタイルの変化は、さまざまな過去の習わしを、あっという間に消滅させてしまう。伝統行事が、ひとつまたひとつと消えていくたびに、どこかしら無機質な人間になっていくような気がしてならないのは、歳をとったせいなのだろうか。

でもそんな中、正月七日の行事だけは、まだなんとか生き残っている。この五〇年の間に、燃やす場所が変更されたり、そのやり方も少々変化したりもしたが、それでも脈々と今に引き継がれているということは、この地に生きる人々の心と深く結びついているからに違いない。そして、その伝統行事の担い手たちが存在するからこそ、連綿と引き継がれているのだろう。

鬼火焚きの準備には、かなりの人出を要する。宮之浦の場合、それを支えているのは、区の役員たちである。地区会長一人、区会議員二人、それと執行部の面々が、朝八時には公民館に集結。芯柱となる大きな孟宗竹や突っ張りに使う竹を伐りに行く班と、藁縄を編む班とに別れ、テキパキと準備に取り掛かる。

畳二枚分ほどの大きさの、鬼の面を書くのは青年団の役割である。表と裏に、それぞれ恐ろしい形相をした赤鬼と青鬼を描く。鬼火焚きが終わった後にふるまう善哉やおでん作りは、執行部の奥さんや婦人会の担当である。

やがて材料がすべて揃ったら、長さ一〇メートルほどの芯柱に鬼の面を釣り上げる滑車と四方へ引かせる縄を取りつけ、クレーンを使って立ち上げる。それを突っ張り棒で固定し、四方の縄を調整して真っ直ぐに立ち終えたら作業は九分どおり完成したことになる。それからは、みんなで手分けして門松や正月の飾り物を集めて回るのである。

あらかじめ区のマイクで、「いつもの塵ステーションに出すように」案内しているので、午前中には芯柱の周りに、宮之浦地区内のすべての門松が集められ、高く積み上げられる。それで準備はすべて完了。一緒に昼食を取り、ひとまず解散となる。

そして午後四時、会場であるＮＴＴ前広場に再度集合。鬼の面の周りに爆竹を取りつけ、芯柱に吊るし上げる。芯柱にはもう一本縄が取りつけられていて、それは子どもたちのために用意されたもので、各自一本ずつその縄に細い縄を結びつけて持ち、鬼が焼かれるのを待つのである。その縄を持てるのは、かつては数え年が七歳になる子どもたちだった。だが、だんだん子どもが少なくなったことによって、今では乳児から小学校に上がる前までの子どもたちがその縄を握るようになった。

伝統行事といえども、時代の変遷と共に変わらざるをえないのである。かつては、子どもたちが持つ縄は、その子のお爺ちゃんが準備するのが当たり前のことだった。だが今は、大半が区で準備した縄を握っている。藁縄をなかなか入手できないという事情もあるのだろうし、たぶん縄を綯うことができないお爺ちゃんたちが増えてきているのかもしれない。

そして四時三〇分、いよいよ火入れである。ひそかに灯油がまかれているので（というのは、門木に椎の木を使う家が激減して燃える材料が少なくなったうえに、都会式の孟宗竹を使った正月飾りが増え、燃えにくい竹の比率が圧倒的に多くなったからである）、火はあっという間に勢いよく燃え上がり、天まで焦がすような大きな炎となって、やがて鬼を焼きつくす。爆竹や正月飾りの孟宗竹が大音響で爆ぜる中、集まった人たちは無言でその赤い炎を見つめ、そして新しき年の無病息災を祈るのである。

炎が一段落し、煙が立ち上りはじめると、老人たちが一人また一人と火の傍にやってきて、両の手を開いては煙を身体のほうへと招き寄せている。鬼火焚きの煙を身体に浴びると、この一年健康でいられるからである。でもそんなことをするのは、もはやお年寄りに限られ、しかもなぜかお爺ちゃんよりお婆ちゃんのほうが圧倒的に多い。女性が長生きするのには、ひょっとして心の部分も関与しているのかもしれない。

鬼火焚きの炎で焼き殺された鬼には、後日談がある。なんと昇天するときに糞を垂れ、その糞が家々の庭に降ってくるのである。翌八日の朝、「オンノクソ（鬼の糞）が落てちゅっど！」。親父の大声で起こされ、庭の植え込みの中を捜すと、白い鏡餅がいくつか見つかったものである。

そのオンノクソを食べると一年中病気をしないと信じられていたのである。当時の子どもたちにとって、餅はご馳走なのであった。

一月七日という日は、大人たちも活躍するが、じつは子どもたちにスポットライトの当たる日でもある。

まずは七草。数え年の七歳になった子どもたちは、朝から正装し、親戚や近所の家など七軒の家を巡り、七草粥を貰って回る。どこから貰うか、あらかじめお願いをしてあるのだが、かつては橋を渡って貰いに行ってはいけないとか、貰う家は二親揃っていなければならないとか、いろんな決まりがあった。

今はもうそんなことを口にする人はいないが、七草は、七軒回るということに意味があるのだろう。それぞれの家であいさつを交わし、成長した自分を見てもらい、繋がりを深めていくことに主眼があるのだと思う。もちろん七草には、子どもたちに健康に育ってほしいという願いが込められている。思い思いの七草の入った七軒分の粥は、一つ鍋で混ぜ合わされ、親は万感の思いを込めて子どもたちの口へと運ぶのである。

七草の子どもたちは、それから鬼火焚きに参加して厄災を払い、夜には宴会をしてもらって、ようやく無事に七草の行事を終了するのである。

一方、小学生や中学生たちは、鬼火焚きが終わってからが出番である。鬼を追い払ったその夜、「祝うて申す」という歌を大声で唄って回るのである。いくつもの班に分かれ、一軒一軒門付けして回るので「門回り」と呼んでいる。宮之浦の集落は約一五〇〇軒もあり、不幸のあった家以外はすべて門付けするので、その夜は街中に「祝うて申す」の歌声が響き渡ることになる。各家々でご祝儀をもらうので、子どもたちにとってはなんともうれしい行事である。

今は少子化で女の子たちも加わっているが、かつては、男の子だけが参加できる行事だった。だからはじめて女子が参加した年には、年寄りたちからの抗議があったりもした。男の子たちだけで回っているころは、今みたいに大人の保護者が付いて回るということなどなく、子どもたちだけで取り仕切っていた。従って、貰ったお金の配分も、上級生の裁量だった。だからみんな早く最上級生になりたかったものである。

門回りは、小・中学生の他、青年団も別個に歌って回る。井戸のある家では井戸の歌を、さらに船をもっている家では船の歌も唄うので、一軒当たりのご祝儀は、小・中学生の倍以上になる。青年団にとっても、門回りは活動費を稼ぐ、いい収入源だったのである。

おもしろくないのは、高校生たちである。なぜか仲間外れにされていて、その日はただ指を加えて眺めているだけなのである。どちらにも参加できない腹いせに、当時高校二年生だったぼくは、友だちを誘ってにわか青年団を結成したことがある。青年団があまり回ることのない、転勤族の多く集まる地区をターゲットにして稼ごうという魂胆である。ところが、門回りの意味がよくわかっていないものだから、まずはいわれをとうとうと説明しなければならない。そして唄い終わっても「お疲れ様」というだけで、祝儀をくれない。祝儀というものは、黙っていても貰えるものとばかり思っていたから、すっかりドギマギして一軒目はそのまま退散。二軒目では、思いきって請求すると「相場は?」と聞かれ、これまたドギマギ。「心付けだからいくらでもヨカとですよ」というと、たった一〇〇円しか貰えなかった。それでも頑張ってなんとか一〇軒ほど回ったが、精神的にあまりよろしくないので、二度と手を出すことはしなかった。伝統行事のもつすごさを思い知らされたものである。

七日の夜には、じつはもうひとつユニークな行事がある。それは、闇にまぎれて密かに実行される。厄年を迎えた大人たちが、路上にお金をばら撒くのである。自分の厄をお金と共にばら撒き、誰かに拾ってもらうことで厄を分散させようという伝統行事なのである。

お金を撒く場所は、十字路と決まっているのだが、金を撒く所をひとに見られてはいけないので、厄年の人たちは人通りがないときを見計らってばら撒き、後を振り返ることなく足早に去っていく。したがって隠れて見張ってないとなかなかその現場に遭遇することはできない。

大厄のとき(男四二歳・女三三歳)に、年の数だけの金額をまくことになっているので、少なくとも四二〇円か三三〇円、でもケチっていては厄が落とせないので、四二〇〇円か三三〇〇円というのが一般的な相場である。ときには、「小瀬田の土建屋の社長が、四二万円も撒いた！」という話が聞こえてきて、稼ぎのない高校生としては、胸がときめいたものである。

ただ冬の路上は寒い。いくつかある十字路の中で、多分ここが一番確率が高いだろうと狙いをつけて張り込むのだが、なかなか大金にはありつけない。おまけに、厄が付いているお金は、ゲットしても家の中には持ち込めない。厄も一緒に持ち込むことになるからである。だから、手にしたお金はその晩使うか、どこかに隠しておいて翌日以降に使うしかないのである。だが、夜の七時を過ぎると、開いてる店などどこにもない。若いということは、たったひと晩の我慢がとても苦痛に感じられるものなのである。

娘が中学生になったときのことだった。そんな奇習を体験させようと一緒に張り込んだ。しばらくすると、運良く厄年の人がやってきて、お金をばら撒いていった。何百円かのお金を拾って喜んでいる娘に、「このお金は今日は家へは持って帰れないんだよ」と説明すると、娘はしばらく考えていたが、「自動販売機へ行こう」と言い出した。なんとその自動販売機は、返却ボタンを押すと、入れたお金とは違うお金が返却されるのであった。娘は、厄をすっかり自動販売機に背負わせ、拾ったお金をすべて家へと持ち込むことに成功したのである。なんとも、巧妙なマネー・ローンダリングであった。

いやはや、一月七日の夜は、なんともドラマティックでじつにスリリングな夜なのである。

春祭り

宮之浦川の河口に、益救神社と呼ばれる社がある。なぜ「屋久」ではなく「益救」という字なのか不思議に思っていたが、昭和の時代に宮司を務めていた宮オジ（故吉元宮雄さん）から、「益救というのは、益々救われるという意味で、かつては『救いの宮』とも呼ばれていたんだよ」とうかがい、「それでは説明になっていない」と思いつつも、妙に納得した記憶がある。そのとき「宮之浦という地名も、その『救いの宮』から来ている。つまりお宮がある浦だから、『宮之浦』というんだよ」と聞かされ、「そうなんだ」と思わず相槌を打ってしまった。老獪な宮司との談笑は愉快だったので、つい油断すると言いくるめられてしまうのであった。

その益救という文字も含め、益救神社に関しては不明なことが多い。今は宮之浦川の左岸にあるのだが、かつては右岸にあったのではないかと説く学者もいて、謎に満ちている。

だがその由緒は明らかで、益救神社が歴史に登場するのは一〇世紀初頭のこと。平安時代につくられた「延喜式」の神名帳にその名がみえる。当時、薩摩藩領内での式内社は、薩摩二座・大隅五座・日向一座の計八社のみであるから、益救神社がいかに有力神社として位置づけられていたかがわかる。薩摩以南の南島では唯一の式内社であることから、その背景としては遣唐使派遣のための「南島守護」という役割を担わされていたのだと思う。

主祭神は、神話で有名な「山幸彦」。別名を「一品宝珠大権現」といい、屋久島の名だたる山頂や遥拝所には、その一品宝珠大権現（のちに仏教の影響を受け、一品法寿大権現と書かれたものも多い）という名を刻んだ塔が数多く奉納されている。山幸彦にはもうひとつ名前があり、「天津日高彦火火出見尊」というから、ややこしい。

その奥宮は宮之浦岳であることから、山岳信仰と深く結びついていることが察せられる。益救神社自体にもまた別名があり、宮オジがいうように、「須久比ノ宮（救いの宮）」とも呼ばれていた。かつては各集落に摂社があり、屋久島の総守護神であった。

慶応二年（一八六六）に再興された社殿は、昭和二〇年（一九四五）米軍爆撃機により大破。現在の社殿は、昭和二九年（一九五四）に復興改築されたものである。

その由緒ある益救神社で催される一大イベントが「春祭り」である。かつては四月一〇日に例大祭が行われていたが、現在は四月二九日に開催するようになった。宮之浦に住む者にとって、益救神社の祭りといえば「シガットォーカ」だったのであるが、平日に当たると参加できる人が少なくなり、やむなく国民の旗日へと変更になった。

ぼくとしては、伝統的な祭りの日は動かすべきではなく、平日だろうが何だろうが、仕事も学校も休んで挙行するのが「祭り」というものだと思うのだが、気づいたときは後の祭りであった。

春祭りは、秋の「区民大運動会」と同じように、集落をあげての一大イベントで、一一の地区

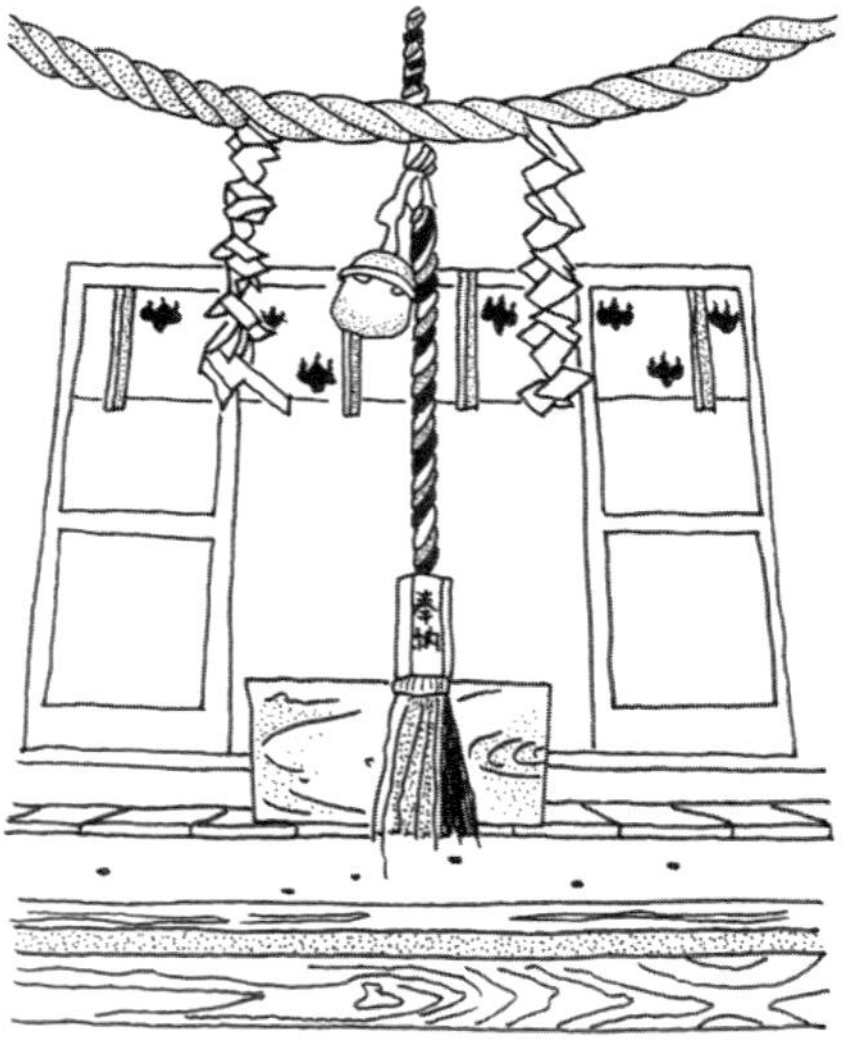

と日本舞踊の各流派が、歌や踊りを奉納する。各地区は、それぞれに趣向を凝らした演目を披露し、「最優秀賞」をめぐってしのぎを削るのである。

わが脇町も、毎年どんな出し物を出すかで頭を悩ますのであるが、今年は直前に三・一一東日本大震災があり、それ以外のことを考えられなくなってしまった。

そこで、そのことを背景とした「喜劇」を書くことにした。なぜ喜劇なのかというと、こういうときだからこそ、喜劇にすべきだと思ったのである。

「悲しみや苦しみは最初から存在するが、『面白味』は、誰かがつくり出さなければならない。私のつくり出すコントで、世界の悲しみが一グラムでも減ってくれればうれしい！」

尊敬する、井上ひさしの言葉である。

水遊び

夏休みになり、孫たちが帰ってきた。福岡や鹿児島本土で暮らす孫たちにとって、屋久島での一番の楽しみは、どうやら川で遊ぶことらしい。朝起きるなり、

「川へ行こう！　川へ行こう」

と、まるでクマゼミのようにうるさい。

早々に仕事を切り上げ、車を走らせること五分。あっという間に川に着く。そこは「白浜」と呼ばれ、白い花崗岩の美しい河原で、昔の子どもたちも、そして今の子どもたちも、大好きな所だ。

水の流れが少し淀んだ場所に大きな岩があり、その上から飛び込んだり潜ったり、孫たちは唇の色が紫色になるまで、われを忘れて水と戯れる。

「もう帰るよ！」と言っても、なかなかいうことを聞かない。「もぉ少し！」と言って、また水の中へと飛び込んでいく。

どうして子どもたちは、そんなに水が好きなのだろうか。遥かな昔、海から生まれてきた記憶が、いまだに細胞の隅っこに残っているのだろうか。本能のまま動き回る子どもたちは、ふと無意識のうちにあの海の中の無重力のような日々の記憶を思い出し、懐かしむのだろうか。

「水が大好きだった」そんな子ども時代を経て、人はやがて大人になっていくのだけれど、どうしてなのだろう。大人になったとたん、ぼくらの日常は水からあっという間に遠ざかってしまう。大半の大人たちが、水とは無縁の日々を汗だくになりながら積み重ねていくこととなる。「暑い、暑い」と悲鳴をあげながら……。

　年々ヒートアップしていく地球の夏。

　大人たちだって、仕事の合間に一時間ほど水に飛び込んで涼を得ることができるような、そんな仕組みをつくり出せたら、脱原発へ向けての新たな一歩になるのではないだろうか？

「だって、夏の電力使用量大幅増加の主な要因は、暑さ対策なんだからね。そのためには山尾三省の遺言ではないが、まずは日本全国の川を、みんなが泳げるような川にしなければならないな……」

　花崗岩の上に腰をおろし、孫たちの監視をしながらそんな妄想にふけっていると、思いはいつか自分の子ども時代へと飛んでいく……。


　小学生・中学生のころ、川はまるで恋人だった。夏休みともなると、毎日毎日、朝も昼もせっせと川へ通いつめた。家のすぐ前の川で泳ぐこともあったが、白浜やさらにその上流のクエ川まで、三〇分から一時間ほどもかけて歩いたものである。川は、上流へ行けば行くほど美しかった。

　緩やかに蛇行しながら川へとつづく道は、今は拡幅され全面アスファルト舗装されてしまったが、当時は森林鉄道のトロッコ道だった。時折り、材を満載したトロッコが駆け下りてくるので危ない目にあうこともあったが、そんなこともまた楽しみのひとつであった。

レールの上をバランスをとりながら歩いたり、機関車の給水所がある谷川に生えているダンチクの葉で草笛を作ったり、みんなでワイワイしゃべりながら川へといたる道のりは、心躍るものだった。

エキストラで登場する昆虫たちも多彩だった。まずはハンミョウ。どこからともなく現われては、頼みもしないのに道案内役を務めるのだった。二、三メートルほど飛んでは立ち止まり、ぼくらがついてくるのを確認してはまた飛ぶ。そんな飛び方をするので「道教え」と呼んでいたが、飽きっぽい性格らしく途中でプイといなくなる。人相だって最悪だし、こちらとしても最後までついていく気持ちはサラサラないのだが、どんな下心からあんな不思議な飛び方をするのか、なんとも胡散臭い存在だった。

不思議な飛び方といえば、チョウだって負けてはいなかった。たぶん自らも予測できない飛び方をするので、俊敏な鳥でも簡単には捕まえられない。ましてやぼくらが帽子で捕ろうとしても、ヒラヒラとすりぬけてしまう。陽盛りの中、満開のクサギの周りをたくさんのチョウたちが乱舞している図は、クサギの花の甘い香りとともに忘れられないワンシーンである。

そして夏の定番である、クマゼミの大合唱。頭蓋骨のドーム内で反響し、頭がクラクラするほどやかましいが、不快ではない。それどころか逆にパワーをもらって、さらにどんどん歩いていくと、雑木のトンネルの中からいきなりオニヤンマが出現！　夢中になって追いかけているうちに、川へとたどりつくのであった。

自転車ももたず、単車の運転などできるはずもなく、当然歩くしかなかったのであるが、当時を振り返ってみると、川へ行くには「歩くのが一番」なのではないかと思えてくる。ゆっくりと歩くことでさまざまなドラマに出会えるし、何よりもジリジリと照りつける太陽の中を歩くことで、水が恋しくて恋しくてたまらなくなるからである。ギンギンにクーラーを効かせた茶店で食うかき氷がそんなにありがたくないように、冷房の効いた車で川べりまで乗り付けるというのは、どうも川との正しい付き合い方ではないような気がする。

ところが高校生ともなると、なんと「マイトロッコ」を手に入れてしまった。木材運搬用のトロッコを一台失敬し、それに乗って通うようになったのである！　ヒトという生き物って奴は、ちょっと智慧がつくと、少しでも楽チンな方法はないかと模索しはじめる動物らしい。

とはいっても、トロッコを使いこなすのは大変だった。軌道の横に立てかけ、草木でカモフラージュしておいたトロッコを、まずは起こすのが一苦労。さらに、森林軌道の勾配は約一〇〇分の四なので、四人がかりで押しても、目的地まで運び上げるのがまた大変だった。着いたら着いたで、軌道から外して隠さなければならない。そしてまた引き出して……。

いやはやなんともご苦労様な話だが、帰り道は楽チンだった。

「苦あれば楽あり。物事を成すのに労苦を惜しんでならない！　若いときの苦労は買ってでもせよ」

これからの人生においてとても大事なことを、ぼくらは遊びを通じて学んだのである。

遊びから学んだことは、数知れない。たとえば、トロッコに乗って帰ってくるとき、まず確認しなければならないことがある。それは材を満載したトロッコが降りてこないかということ。バッティングしたらオオゴトである。それを知るには、線路に耳を押し当てて音を聞き分けなければならないのだが、不用意に耳を当てると火傷してしまう。炎天下の鉄路は、暑くたぎっているのだ。それで、川から上がってくるときにタオルを濡らしたまま下げてきて、線路の上で絞るのである。そうやって温度を下げてから、耳を押し当て確認したものである。

それとは逆に、耳に水が入ったときには、熱い花崗岩に耳を押し当てるといい。大抵の場合、頭を傾けて片足で跳べば抜けるのだが、頑固な場合には、そうやって熱いのを我慢して押し当てていると、嘘のように水が出てくるのである。

また水中メガネが雲ったとき、唾をつけて磨けばそこそこ曇らなくなるが、完璧なのはヨモギを使うこと。ヨモギの葉を石で叩き、その汁を塗りつけて磨くと、ガラスはピカピカになったうえにまったく曇らなくなる。もちろんヨモギは、傷口の消毒や血止めにも抜群の効力を発揮するので、遊びには欠かせない必須アイテムであった。

さらには、高所から水に飛び込むとき、ちょっと大きめの葉っぱを一枚口にくわえて飛び込むといい。学年が上がるにつれ、飛び込む高さはだんだんエスカレートしていくが、高くなればなるほど衝撃も大きくなり、足先から飛び込むと特に鼻の穴へのダメージが大きい。ところが葉っぱを一枚くわえることによって、鼻にピタッと蓋がされ、ほとんど水が入ってこないのである。

そんなこと、どうでもいいと言えばどうでもいい話である。だがぼくらは、そんないい加減な知識も含めて、遊びを通じて生きる術を身につけていったのである。ときには命を落とす危険性と背中合わせの水遊びは、ぼくらが自然とどうつきあっていけばいいのか、その基本原則を教えてくれる「師」のごときものだったのである。

昨年、幼馴染みのトッチンが亡くなった。還暦同窓会で、思い出話に花を咲かせたばかりだった。

彼とは小学、中学と、一年中よく遊んだ。特に夏休みの間は、毎日のように一緒に川へ通い、透明な水の中で、鮎のように泳ぎ回った。

小学五年生のときだったろうか、トッチンとの忘れられないエピソードがある。

それはタンボンマーチでの出来事だった。タンボンマーチというのは、宮之浦川の遊水池の一画にあった池で、今は埋め立てられて町役場の庁舎が建っているが、当時はテナガエビやウナギなどがうようよといる沼地だった。そこに、長さ一メートルほどの鉄パイプを沈めて置き、翌日引き上げるとおもしろいようにウナギが獲れたものである。

ある日、学校帰りのぼくらは、家に帰る前にタンボンマーチに直行した。服を全部脱ぎ捨て、いつものようにフリチンで沼に飛び込む。胸まで水につかりながら、足で鉄パイプを探す。昨日沈めた場所の記憶をたよりに、足で探るのである。沼は泥が溜まって濁っているので、水中メガネをかけてもよく見えない。だから足の指先の感覚が頼りなのである。

そんなときだった。突然トッチンの悲鳴が聞こえた。振り返ると、慌てて陸へと駆け上がっていく。ビックリして後を追いかけると、何か異様なものが彼の股間にぶら下がっていた。見ると大きなテナガエビだった。なんと、彼のチンチンをハジッコ（＝ハゼ）と間違えたのか、その苔蒸した長いハサミでしっかりと摑んでいた。まるで沼の主のようなテナガエビを執刀医に迎え、トッチンの割礼儀式は唐突に執行されたのであった。

子どものころの、そんな夏の日々を思い出すにつけ、なんとぼくらは幸せな子ども時代を過ごさせてもらったものかと思う。緑なす山から流れだしてくる清冽な水。泳ぎながら、そのまま飲める川で、ぼくらは泳いでいたのである。

「せめて、そんな綺麗な川を、未来の子どもたちにも残しておいてやりたい！」

幼馴染みを失った悲しみの中で、ぼくは心からそう思った。自然本来の輝きに満ちた川や、海や、森で、子どもたちを遊ばせてやりたいと。

だがそんなキラキラと輝く自然は、もうこの日本からずいぶん残り少なくなってしまった。それは、もちろんぼくらの自業自得である。これまでぼくらは、その果てしなき欲望を満たすために、ひたすら便利さと快適さを追い求めてきた。挙句の果てに、山や川や海や空を汚染し、地球やそして子どもたちに、大きな重荷を背負わせてしまった。

「子どもたちの時代にツケを回すような装置や仕組み、思想や制度は、なんとしてでも撤廃されなければならない」（故山尾三省の「三つの遺言」）

それは三・一一以後、誰もが切に願うことであるが、それと同じ重さでキラキラと輝く川の流れを子どもたちに残しておいてあげたいと思うのである。

ヒトは、豊かな自然の懐に抱かれて遊ぶことによって、自然の大きさを知り、そして自らの小ささを知り、自然の一員としての「分」というものを知る。そうやって知った分をわきまえながら生きていくことの大切さを、ヒトは遊びを通じて学んでいくのである。ぼくらは自然に対してもっと謙虚にならなければならないし、生きるということにおいても、もっと慎み深くならなければならないと思う。

ヒトという動物が地球上にはびこるようになって、環境も季節も大きく改変した結果、いったい「本物の自然」とは何なのか、よくわからなくなってきた。

だが、本物の自然のキラキラとした輝きを知らなければ、元の姿へ復元することもできないし、どこかで妥協せざるをえなくなってしまうことだろう。

かつての自然の輝きを知っていた大人たちは、そのころの情景を子どもたちに語り継いでいかなければならないと思う。

戦争の悲惨さや、原爆の被爆体験、そして原発というものの愚かさを、繰り返し繰り返し、語り継いでいかなければならないのと同じように！

もうすぐぼくらは死にゆく存在である。これまで仕出かしてきたことへの落とし前をキチンとつけないことには、死んでも死にきれないではないか。

今生かされているこの場所で、自らのためにではなく、これからこの地で生きていく子どもたちのために、何をなすべきなのか？　そして何をなすべきではないのか？　そのことを自らに問い正しながら、残り火を燃やそう。

かといって、思い詰めることはない。気楽といえば気楽である。なぜなら、もはや「自分のために」という考え方をする必要は微塵もないからである。自己から解放されることほど楽なことはない。

さあ余命幾許《いくばく》もない大人たちよ、どうせ大したことはできないのだ。ならば、今日は子どもたちや孫たちと一緒に、さあ川へと出かけよう。

島の運動会

島では、季節ごとにさまざまなイベントが開催される。たとえば一月の鬼火焚きや四月の春祭り、夏の盆踊りや秋の十五夜の綱引きなど、どれも集落にとって重要な年中行事であるが、なかでもビッグなイベントが「運動会」である。

暑い夏が終わって秋に突入したとたん、屋久島のどの集落も運動会一色に染まる。九月から一〇月にかけて、毎週日曜日には必ずどこかで運動会が開催されているのだから、その時期に来島した観光客はビックリする。特に地区の運動会ともなると、どこの家も蛻《もぬけ》の殻になるのだから……。

ぼくが暮らす宮之浦集落の場合だと、まずは幼稚園や保育園の運動会から始まり、高校、中学、小学校へと展開され、そしてフィナーレを飾るのが「区民大運動会」。なんと六連チャンである。

子育て中のお母さんたちは、毎週土曜の夜は弁当作りに追われることになる。みんなが豪華な弁当を持参してくるので、手抜きはできない。必死の形相で、天気予報とにらめっこしながら、毎週毎週弁当作りに精を出すのである。

区民大運動会においては、弁当作りはさらにエスカレートする。海苔巻きや卵焼き、唐揚げや煮物などの主食に加え、バナナやブドウ、リンゴにミカンなどデザート類も豊富に取り揃えられる。ひょっとして、「弁当比べ」という隠れた採点競技があるのではないかと思えるほどの熱の入れようだ。運動会は、まさに現代版「お祭り」なのである。

区民総出で行われる「宮之浦区民大運動会」は、幼時から高齢者まで、一〇〇〇人以上が参加する、まさに一大イベントである。二〇一一年には第四〇回目の記念大会が開催されたから、それなりに歴史もある。例年中学校のグラウンドで開催されるのだが、トラックの周りを各地区のテントが隙間なく取り囲み、万国旗がはためく下、終日熱戦が展開されるのである。

運動会であるから、もちろん駆けっこやリレーも各種行われるが、老若男女、誰でも参加できる種目も多数用意されている。

たとえば、「わらしべ長者」という種目は、五分間という制限時間内に、藁をどれだけ長く編めるかという競争。五人の選手が一分交替で藁をない、つなげていく。それはもちろん老人たちに活躍してほしいという願いから設けられた種目である（かつてぼくが役員をしているときに提案した種目で、今もって生き残っているのがうれしい）。「宮之浦一の運だめし」というのは、六〇歳以上が全員参加して行うジャンケン勝ち抜き大会で、お米や焼酎など豪華景品が準備されている。

子どもたちには、「飴食い競争」や「パン食い競争」。若者たちには、「綱引き」や「大縄飛び」。昔の子どもたちには、自転車のリームを使っての輪回しリレーである「安全運転」。「三角関係リレー」という怪しげな種目もある。そして各年代共通の「玉入れ」や「百足リレー」など、全二五種目で各地区の老若男女がしのぎをけずるのである。

屋久島には二四の集落があり、どの集落もほぼ同じような日程で運動会を行っているから、なかなか他の集落の運動会を見ることはできないが、それぞれにおもしろい種目を行っているようである。

尾之間集落では「七人の侍」という競技があるそうだ。名前からして興味津々であるが、その中身を聞いて驚いた。それは、選ばれた七人のつわものたちが、長いストローを手にリレーを行うのであるが、なんと一升瓶の焼酎をそのストローを使って飲み干すのだという。選ばれた七人の侍の中には、競技開始が待ち切れず、朝からテントの中でチビチビと焼酎を祭りながら、ウォーミングアップに余念のない者もいるという。なんともワイルドな種目である。

かたや永田集落では、「魚釣り競争」があるという。釣り竿片手に堤防まで行き、制限時間内に誰が一番大きな魚を釣り上げたか、その釣果を競うのだという。重さ部門と長さ部門があると聞いたが、趣味と実益を兼ねたおもしろい競技である。

船行集落では、小学生と大人の女性が対決するリレーがあるらしい。また「一服しませんか？」という種目もあるそうだ。女性が参加する競技で、煙草を吸いながら走り、途中で蚊取り線香に火をつけてゴールするというものらしい。なんだかよくわからないが、それぞれの集落ごとに、それぞれの伝統的な種目があるのである。

さて、島で最大の集落であるわが宮之浦集落は、世帯数約一五〇〇、人口約三二〇〇人の大所帯で、一一の地区から成っている。宮之浦川の左岸にあるのが、脇町、仲町、上浜、下浜という古くから存在する旧四地区と、割と新しい地区である城ヶ平と深川を加えた計六地区。そして右岸にあるのが、小原、平和、並木、旭、旭新町の五地区。端に行けば行くほど、いわゆる新興地区で、勢いがある。つまり旧四地区はドーナツ化現象で高齢化も進み、新興地区との力の差は歴然としている。

その一一の地区が、それでも互いに負けまいと真剣勝負の総力戦を展開するのであるが、どの地区にも絶対に負けられないと思うライバル地区が存在する。ぼくの属する脇町地区の宿敵は、隣接する仲町地区である。他のどの地区に負けてもいいのだが、仲町だけには負けたくないのである。それは仲町とて同じこと。従って、良きライバルとの対決は、運動会が終わっても収まらず、その夜の反省会（＝宴会）にまでもち越すこともある。

ある年のことだった。舞台は公民館。アルコールが入り、舌戦は熱を帯び、脇町対仲町の互いの自慢話合戦が延々と繰り広げられた。

脇町「この間、花見をしちょって気がついたてやばっち、脇町には桜ん木がどっさいあっど！。仲町には一本もなかよね」

仲町「桜ん木はなかばっち、商店街があっど。新月堂、三八、丸高、若潮、楓庵、エトセトラ。脇町には商店街はなかよがよ」

脇町「商店街？　ほな脇町は官庁街や！　役場、法務局、保全センター、ＮＴＴ！　脇町は、東京でいえば、丸の内じゃ」

仲町「なんち。南日本銀行、鹿児島銀行、郵便局。仲町は、ニューヨークでいえばウォール街じゃ」

脇町「入浴？　風呂の話なんか、どうでもよか。わぁ役場をなめたらいかんど。結婚届けも離婚届も、誕生届も死亡届も、出させんぞ」

仲町「ほう、死亡届を出した後は、えけんするわけかい？　墓があっとは仲町じゃ」

脇町「なんち。わんたいは墓持ちかもしえんが、坊さんな、おらんよがよ。久本寺は脇町やっど。葬式はえけんすっとか？」

仲町「バーカ！　葬祭場は仲町や」

脇町「なんち、バーカちゅうたね。公民館な脇町やど。わんたいにゃ使わせんど！」

いやはや、なんとも大人げない話である。

区民大運動会なるものの熱気が、少しは伝わったのではないかと思うが、じつは一生懸命になりすぎて、他の集落から「宮之浦ちゅうとこいは、わざわい恐ろしかとこいや。死人が出たのに、運動会を中止せんかった」と呆れられたことがあった。

それは、もう何年も前のことであるが、「関所破り」という種目を行っているときの出来事だった。関所破りというのは、ジャンケンで三つの関所を通り抜けていくというもので、高齢者を対象としたもの。そんなに体力を使うゲームではないのだが、なんでも「不正が行われた！」ということで、やり直しとなった。それでカッカと燃えたのだろうか。競技再開中に、突然一人の老人がバッタリと倒れたまま動かなくなった。グラウンドの真ん中まで救急車が乗り付け、一時騒然となった。

老人は搬送先の病院で亡くなった。だが、それでも運動会は続行された。そして一度あることは二度ある。午後にも救急車が呼ばれた。本部席で一人の役員が倒れたのだった。だが、それでも運動会は中止されず、最後まで遂行された。

後になって思うと、凄まじい話である。だが当事者たちは、運動会が終わるまでは戦闘モードを解除できず、冷静な判断力を失っていたのかもしれない。いやはや、恐るべし区民大運動会である。

そんな宮之浦の運動会に、すっかりはまってしまった旅行者たちがいる。ぼくの民宿のお客さんたちであるが、中にはわざわざ、運動会に合わせて旅行計画を立てて参上する人もいる。なんとも、ありがたいことである。というのも、ぼくの属する脇町という地区は、世帯数わずか八十数戸の、いわゆる弱小チームだからである。足が速く、持久力や瞬発力があり、そして力持ちのお客さんなら、大歓迎である（もちろんそれは表向きの宣伝文句で、本音を言うと誰だっていいのである。脇町から出場してくれる人なら、どんな人でもウェルカムである！）。

誰よりもいち早く運動会に参加してくれたNさんは、足は速いほうではなかった。というよりも遅かった。だがいろんな種目に出場してくれて、運動会を大いに盛り上げてくれた。夜の反省会でもバリバリ元気だった。そんな風に、共に楽しんでもらえるということが何よりもうれしいのである。

同じく民宿のリピーターであるKさんは、長距離走に出場し、それをきっかけに走ることに目覚めた。東京に帰ってからジョギングを開始。翌年は、わざわざ運動会に出るためにやってきた。だがなんという不運。運動会は悪天候で延期となった。Kさんは一度帰り、翌週再び上陸。長距離走で上位入賞を果たした。翌年には島の仲間たちと一緒に菜の花マラソンにも参加した。他にも幾人かの女性や男性が参加し、それぞれに活躍してくれた。

そんな彼らが口をそろえて言う。

「こんな楽しい運動会ははじめてだ」と。

そんな助っ人たちに支えられ、わが脇町地区はかなり上位に食い込むようになった。ところがそうなると、当然のごとく仲町からクレームがついた。

「外人部隊を使こうて、ズルか！」と。

あからさまにそう言われると、いくら寛容で冷静沈着なぼくらでも頭に来る。こうなればもう「お遊びは終わり！」である。二〇一〇年、ぼくらはスイッチを「本気モード」に切り替えて臨んだ。そして見事に快挙を達成し、みんなの度肝を抜いたのであった。閉会式での成績発表で、「脇町優勝！」のアナウンスが流れたときの、他の一〇チームの驚きようは、今でも忘れられない。特にわが宿敵、仲町の老若男女たちが、腰も抜かさんばかりに騒然となったのは、なんとも痛快だった。

その年、ぼくらは助っ人を一人も借りることなく、純粋に自力で優勝を勝ち取ったのであった。どこにも、誰にも、文句を言わせないために！

なんて書くと格好いいが、もちろんそれは結果としての話である。たまたま、民宿のゲストたちは一見の客ばかりで自身のスケジュールを消化するのに忙しく、運動会に参加する者は一人もいなかったのである。そして、優勝できたのもたぶん「まぐれ」なのだと思う。だってまさか優勝するなんて、脇町の誰一人夢にも思わなかったのだから。

でも、そういう謙虚さが、勝利の女神に気に入られたのかもしれない。それとも、やはり結果として勝利したということは、それだけの実力を兼ね備えていたということなのだろうか。いずれにしても、どうして脇町が優勝することができたのか？　それは後世の歴史家が証明してくれるであろう。

何はともあれぼくらの「優勝」という金字塔が、どんなに弱小チームでもやればできるという希望の火を、わが永遠のライバルたちの胸に灯すことができたとしたら、望外の喜びである。

ヤマバチと出会って

桜の花が咲きはじめると、仕事に身が入らず、気もそぞろになる。ニホンミツバチの「分封」がはじまるからである！（以後ニホンミツバチのことを、ヤマバチと呼ぶ。遥か昔から身近な山に棲んでいた蜂という意味合いと親しみを込めて）。

分封というのは「巣別れ」のこと。増殖したヤマバチが、女王蜂とともに古い巣を離れ、新しい巣に移ることをいう。つまり、毎年春になり、桜の花が咲きはじめるころになると、ヤマバチたちは新天地を求めて、古い巣を飛び立っていくのである。行き先不明のまま……。

多いときには五〇〇〇匹から一万匹もの群れが一斉に飛び立つので、はじめてその光景を目撃した人は度肝を抜かれる。それがヤマバチの分封だとわかっている人にとっても興奮状態に陥るわけだから、あの毒針をもったハチの集団が、大きな羽音を立てつつ乱舞している状況に遭遇したら、大抵の人たちがビックリ仰天するのも無理はない。

分封は、素人にとっても劇的だが、ヤマバチを飼っている者にとっても、ドラマティックである。なぜなら、分封した蜂がどこへ行くのか、誰にもわからないからである。巣を出たハチたちさえもが、飛び立った時点では自分たちがどこへ行くのかまだわかってはいないのだから……。

分封はまさにミステリーである。

なぜ、ヤマバチは分封するのか？　それはたぶん、彼らが弱い立場の生き物だからに違いない。身を守るために針という武器をもってはいるが、体長わずか一センチという小さな身体では、襲いかかってくる敵に対してなかなか抗することはできない。ヒヨドリ、ツバメ、トンボ、スズメバチ等々、いろんな敵が彼らを捕食しようと狙っている。加えて彼らの巣は、甘くて栄養たっぷりの「蜂蜜」の貯蔵庫でもある。スムシ（ハチノスツヅリガ）やアリなど、小さな昆虫たちだって虎視眈々だ。

そんな弱い存在である彼らが、生き延びていくために選択した手段が、分封という戦略なのだろう。毎年毎年、新天地を求めつづけ、あちらこちらに拠点を分散拡大することによって、彼らはこれまで命をながらえてきたのである。

そんなヤマバチに興味をもったのは、二〇世紀がやがて終わろうとするころだった。標高約一〇〇〇メートルの森の中に建てた友人の家に、なんとヤマバチが巣をかけたのである。総木づくりの家が気に入ったのだろうか。覗きにいくと、外壁の節穴から盛んに出入りしている。

「こもして、むぞか！（小さくて可愛い）」

はじめて見るヤマバチの姿は、まるで女の子のような愛くるしい印象だった。もう半世紀近くもこの島で生きているのに、それまでヤマバチというものを見たことがない。思わずちょっかいを出してみたくなった。

「内壁を壊せば、蜂蜜が盗るっかもね」

そんな冗談を言いながら壁を叩いていたら、聞こえたのか刺されてしまった。チクリと痛みを感じたが、アシナガバチやスズメバチに比べると、なんとも可愛い痛みだった。

小さいころから、ハチは遊び友達だった。中学生のころに流行ったのは、校庭で見かける地蜂の針を抜き取るというもの。棒切れで身体を押さえつけ、尻から突き出てくる攻撃的な針を指で摘まんで引き抜くという、なんともスリリングな遊びだった。

だが一番熱狂し興奮したのは、スズメバチの巣を狩る遊びだった。巣がデカければデカいほど、スリル満点だった。巣を獲る道具は、竹やり、ぱちんこ、そして投石といたって原始的。作戦も何もなく、まず竹やりで突き刺し、そして石を投げ、ぱちんこで射る。それを巣が陥落するまで繰り返す。難攻不落のときは、再度竹やり部隊が出動する。五〇センチを越える大物の巣だとスズメハチの数も多く、反撃も凄まじい。長期戦になれば、負傷者も続出。戦場はまさに、蜂の巣をつついたような修羅場と化す。

スズメバチに刺されたら猛烈に痛い。半端じゃない。脳天などを刺された日には、ズドンと重たい激痛がして、おもわず叫び声をあげてしまう。

だが、そんなときは、

「小便を、つける」

いったい誰が、そんなことを言い出したのだろう？　いくらハチ刺されにはアンモニアが効くからといって、小便をかけるなんて！　だが当時、ぼくらはそうすることに何の疑問も感じなかった。ハチに刺されたら小便をかけるというのは、当時の洟垂れ小僧たちには、常識だったのである。だから刺された者は、すぐさま小便を手のひらに溜めて傷口に塗りつけるのだった。ところが刺されたショックで、なかなか小便が出ないことがある。そうなると上等兵の出番である。

「どこか？　刺さえたとこいは？」

哀れな年少兵は、端っこのほうへと連れていかれ、上級生が放出した大量の小便を、局部に刷りこまれるのであった。

まるで戦争ごっこであるが、やがて勝利した後の戦利品の処理も凄まじかった。巣から引きずり出したスズメバチの幼虫を、みんなで生きたまま飲み込むのである。

「やっぱい、ロイヤルゼリーは旨かねぇー」

いやはや、ロイヤルゼリーが聞いて呆れるが、今思うと、なんとも凄まじき遊びであった。

ところで、なぜヤマバチは、友人の家に巣をかけたのだろうか？　それは、友人が標高約一〇〇メートルの森の中に家を建てたからである。その高度は、たぶんヤマバチの領域なのだろう。そもそも標高一〇〇メートルという高さは、ぼくの暮らす集落では、人が住む場所ではなかった。友人がそこに家をつくるまで、標高が五〇メートルを越える所に、家をつくろうとする者など誰もいなかったのである。それは他の集落でも同様だと思うが、海から急峻な山が聳え立つこの島では、人々は海岸近くのわずかな平坦地に居を構え、肩を寄せ合うようにしてひっそりと暮らしてきたからである。ましてや山岳部の大半は国有地に占有されている。山に家を建てたくても建てられないのである。

ぼくが居る集落の場合、理由はもうひとつある。それは浄水場施設が、標高六〇メートルほどの場所につくられているからである。つまり、それ以上の高所に家を建てたら、「水」を自力で賄わなければならないのである。飲み水も、生活水も……。だから標高一〇〇メートルの高さに住むということは、かなりの覚悟がいることなのである。

それでも友人はその場所を選んだ。谷川から水を引き、そこでの暮らしを始めた。雨が降り川が増水するたびに、水の取り入れ口を見回らなければならなかった。そんな不便な暮らしではあったが、森の中の日々は、じつに自然と連動した暮らしでもあった。家の傍らの水たまりではトンボが孵化し、ヤマガラやキビタキが巣をかけ、日夜サルやシカが出没し、そしてなんと照葉樹の森に暮らすヤマバチが、やがて壁の隙間に巣をかけたのである。

森の中に息づく小さな命たちを、つぶさに観察することによって垣間見えてくる森の不思議。不便で謙虚な森の中の暮らしを通じて、友人はいまだ知らなかった自然の奥深さを知り、そのつど自分を豊かなものにしていった。

人は、今住んでいる環境をより快適に改変するために、さまざまな投資を続けているが、環境に自分を溶け込ませていくような友人の生き方を見ていると「不便さをいとわなければ、こんなにも穏やかな暮らしができるんだ」と少々うらやましくもある。

そんな友人の家に、ヤマバチはその後数年間営巣したが、やがて巣は放棄された。

以後、友人はなんとかヤマバチの自然分封群を、手作りの巣箱に誘導できないものかと考えた。そして二〇〇七年のこと、ついに成功。偶然その場に居合わせたぼくも、はじめてヤマバチの分封を目撃し、その壮大なドラマに感動した。それからである。ぼくが、ヤマバチの虜になったのは……。

ヤマバチの分封のメカニズムは、こうである。

春、古い巣では新しい女王蜂が誕生する。その新女王が誕生する直前に、古い女王蜂は数千匹から一万匹ほどのハチとともに古い巣を飛び立つのである。巣を出た群れはすぐ近くに集結し、固まり（＝蜂球）を作る。その蜂球から、探索蜂が飛び出す。新しい営巣場所を物色して回るのである。やがて候補地を探しあてた探索蜂は、蜂球に帰還し「8の字ダンス」と呼ばれる動きをして、群れに情報を伝達する。8の字を描きながら踊るそのダンスによって、新しい営巣場所までの距離と方角が群れに示される。

やがて、いくつかノミネートされた場所のうち、最も多くの探索蜂が「ここがベストだよ」という場所がみんなに支持されると、蜂球は一挙にばらけ、唸りをあげて移動。引っ越し完了となる。

具体的に、ぼくの二〇一二年のミツバチ日記から、その分封の一端を紹介しよう。

四月七日　午後一時過ぎ、自宅の丸胴から分封。犬小屋横のハマヒサカキに蜂球を作る。一〇メートルほど離れた場所に、待ち受け箱とキンリョウヘンを設置。すぐに数匹の探索蜂が来るが、その日は移動せず夜となる。夜中に起きて覗くと、静まり返った蜂球が、満月の光を浴びて金色に輝いていた。

四月八日　朝七時ごろより探索蜂活発に動き出す。だが待ち受けへの来訪は少なく、気が気ではない。一一時ごろにようやく数が増え、期待が高まる。念力を送りながら見守る。昼一二時三一分、蜂球が崩れ移動開始。まるで竜巻のように移動していく。ウォンウォンと羽音を立てながら、設置した待ち受け箱へとなだれ込む。一二時四二分、分封完了。

四月一一日　二郎君の蜂が分封。楠川の畑の待ち受け箱に探索が来るが、結局正木の森に置いてあったU氏の待ち受けに入る。なんとキンリョウヘンが、「ハイブリッド」に負けた。ショック。

四月一三日　リバーサイドマンション「ハニーハイツ」にいまだ探索蜂訪れず。日当たりが悪い所為かもと思い、孟宗竹を一〇〇本ほど切る。

四月一四日　終日、分封の気配をチェック。スズメバチが出現しはじめたので、トラップを設置。

四月一五日　朝八時半、隣接する空き家の庇に蜂球ができているのに気づく。昨日から怪しいそぶりを見せていた丸胴が、今年二回目の分封。一回目が八日だったから、中一週間で二回目を迎えた。すぐ近くに待ち受け箱をセット。それまでまったく違う方向へ飛んでいた探索蜂が、一一時ごろ待ち受け箱に気づく。昼過ぎには二〇匹ほどに増え、喜びダンスも始まる。いけるかもしれない。

　天気は、時折小雨がぱらつく程度。たぶん移動に支障はないだろう。午後三時二七分、移動開始。距離が近い所為か、見守っているぼくの傘や、隣家の屋根に止まるものも多数いる。午後三時四七分、すべての蜂が待ち受け箱に収まった。

四月一七日　分封日和。予想通り、一一時二七分、「ハニーハイツ」二号棟が分封。だが、準備した煤竹には止まらず、二〇メートルほど離れた川の傍のクスノキに蜂球を作った。高さ約八メートル。ずいぶん高い所に作ったものだ。一一時四一分、蜂球落ち着く。
四月一八日　待ち受け箱への探索蜂は、朝ゼロ。昼ごろ一、二匹。これでは見込みがない。蜂球から飛び立つ探索蜂をチェックすると、どうやら川の向こうが本命のようだ。午後一時四三分、蜂球がほどけ移動開始。案の定、川を渡り森を越え、鉄塔の右奥へと消え去った。どこだろうと車を飛ばして確認に行くと、なんと友人の設置した待ち受け箱が引っ越し先だった。

分封がはじまると仕事どころではない、と最初に書いたが、少しは雰囲気が伝わっただろうか。片時も目を離せない理由が納得いただけたと思う。

ヤマバチという存在を知り、そして彼らと関わるようになって、ぼくの暮らしぶりはこれまでとはずいぶん違ったものとなった。そして自然に対する見方も、また大きく変わった。それは、彼らが果たしてきたポリネーター（花粉媒介者）としての役割の重大さに気づいたからである。

これまでぼくは、屋久島の植物たちを育ててきたのは、この島の風土や雨だと思っていた。だがじつは、ヤマバチに代表されるハナバチ類やハナアブ類が、ポリネーターとしての活動を倦むことなく続けてきたことによって、この島の照葉樹林や雑木たちは今日まで連綿と維持されてきたのである。換言すれば、彼ら昆虫たちが、この島の植物たちの命をずっと支えつづけてきたのである。

そのことに気づき回りを見直すと、今まで見向きもしなかった植物たちがぼくの前に立ち現われてきた。たとえばシマイズセンリョウ。これまでは単なる雑木のひとつで、身近にあるのに名前さえ知らなかった。だから茂るたびに不用意に伐り払っていた。だがそれは、ヤマバチにとって重要な蜜源なのである。そしてたとえばカラスザンショウ。幹にたくさんのトゲを有し、大木になるので嫌われ者のひとつ。だがその木もまたヤマバチにとって重要な植物なのである。当たり前の話であるが、雑木と呼ばれこれまで見向きもしなかった木の一本一本が、それぞれ大切な役割を担って、存在しているのである。

桜が終わったかと思うと、島の野山には次々と花が咲く。シイノキ、トベラ、グミ、クロバイ、エゴノキ、ダラノキ、ホルトノキ、ムラサキシキブ……。

ヤマバチはそれらの木々のポリネーターとして、短い命を懸命に生き抜くのである。

毎年毎年、ヤマバチが繰り広げる分封という命のバトンの劇的なドラマを見ていると、

「負けつづけてきたからこそ、強くなってきたこと」

「試練を乗り越えて、命を進化させてきたこと」

そのことが、ひしひしと伝わってきて、思わずエールを送らずにはいられない。

わずか一センチほどの小さな生き物であるヤマバチから、ぼくらが学ぶべきことは、まだまだ多い。

あとがき

かつて「屋久島を守る会」という団体があった。それは団体というよりは、運動体といったほうが的確かもしれない。昭和四七年に結成された同会は、対国有林野事業問題を中心に、国家石油備蓄基地構想や縄文杉へのロープウェイ建設計画など、屋久島に襲いかかってくるさまざまな問題に対し、いつでも先鋭的かつラディカルな反対運動を展開した。

そして、瀬切川流域の伐採問題が一段落した後、同会の主要メンバーを中心に、「屋久島産業文化研究所」が設立された。それは、守る会の運動を通じて痛感した「思い」を実現したいがためであった。

その思いとは……、

屋久島で生きる人たちの思いを表現する文字文化をもちたい！

屋久島から日本全国へ情報を発信し、屋久島で生産された物産を全国へ届けたい！

そのことを通じて、新たな島起こしを展開したい！

……というものであった。

その実現の第一歩として、一九八六年春、季刊「生命の島」が創刊されたのである。

本書に納められたエッセイの大半は、その「生命の島」に連載したものである。いつでもゆきあたりバッタリで、出たとこ勝負の無計画な人生を生きてきた男が書いたものに、果たして何の意味があるのかと正直思う。それこそ紙の無駄遣いではないのか、と。

だが、今回一冊の本にまとめるにあたり、改めて読み直してみると、ちゃらんぽらんだと思っていた自分が、その瞬間その瞬間には、けっこう真剣に生きていたことを知って驚いた。そして、過去に書いた文章というものは、「その瞬間」でないと書けないものだということもわかった。

そのときの時代背景や環境、あるいはそのときの自己の喜怒哀楽によって規定された過去の文章は、まさに一過性のものであるがゆえに、後になってみると、その時代を知る手掛かりの一断片になるのかもしれない。

生来の面倒くさがり屋なので、遅々として進まぬ作業に対し、文句ひとついわずに通いつづけ、執拗に尻を叩きつづけてくれた、編集者の高田みかこさんにはただただ感謝です。ありがとう！　おかげで、なんとか形にすることができました。

そして、ぼくの無理なお願いを快く引き受けてくれて、挿絵を書いてくれた山下大明さん、本当にありがとうございました。

六十数年生きてきて、しみじみと思うことは、自分という存在が、いろんな人たちに「生かされてきた」ということ。家族や友人たち、先輩後輩、そしてこの島の自然に……。人はひとりでは生きていけません。

過去を振り返ると、心にさざ波が立つこともあります。それでも「過去に盲目であれば未来に対しても盲目」になります。ならば、悲しみも喜びも、そして過ちもまた共有して、一緒に前へ進みましょう！

だってぼくらの人生は、一度限りなのですから……。

初出一覧――「この川のほとりで」（別冊山と溪谷「屋久島ブック2004」二〇〇四年五月掲載）／「縦糸と横糸」（別冊山と溪谷「屋久島ブック2005」二〇〇五年四月掲載）／「無念の二人」（別冊山と溪谷「屋久島ブック2005」二〇〇五年四月掲載）／「流木を集め真冬の風呂を焚く」（別冊山と溪谷「屋久島ブック2006」二〇〇六年四月掲載）／「縄文人の末裔」（別冊山と溪谷「屋久島ブック2009」二〇〇九年三月掲載）／「山ん学校・川ん学校・海ん学校」（季刊「生命の島」第40号一九九六年一二月）／「歩いてみよや屋久島一周」（季刊「生命の島」第41号一九九七年四月）／「空即是色即是空」（季刊「生命の島」第49号一九九九年七月）／「キラーエイプ」（季刊「生命の島」第50号一九九九年一一月）／「島の冬」（季刊「生命の島」第51号二〇〇〇年二月）／「あこがれの自給自足」（季刊「生命の島」第52号二〇〇〇年五月）／「動物と暮らす」（季刊「生命の島」第54号二〇〇〇年一一月）／「年の神様」（季刊「生命の島」第4号一九八七年一月）／「さらばスポーツ少年団」（季刊「生命の島」第42号一九九七年七月）／「ウンコの話」（季刊「生命の島」第55号二〇〇一年三月）／「裸足で歩く」（季刊「生命の島」第65号二〇〇三年九月）／「献血マニア」（季刊「生命の島」第70号二〇〇五年四月）／「ぼくとフォークソング」（季刊「生命の島」第73号二〇〇六年一月）／「ニガウリとヘチマ」（季刊「生命の島」第57号二〇〇一年一〇月）／「山芋掘り」（季刊「生命の島」第59号二〇〇二年三月）／「自転車をこいで」（季刊「生命の島」第59号二〇〇二年三月）／「爺の心得」（季刊「生命の島」第62号二〇〇二年一二月）／「台風騒動」（季刊「生命の島」第65号二〇〇三年九月）／「屋久島こっぱ句会」（季刊「生命の島」第67号二〇〇四年六月）／「昨日そこに田んぼがあった」（季刊「生命の島」第75号二〇〇六年七月）／「日食顛末記」（『屋久島ヒトメクリ。』創刊号二〇〇九年一二月）／「焼酎とモンキュール」（『屋久島ヒトメクリ。』第9号二〇一二年一〇月）／「雑木山」（『屋久島ヒトメクリ。』第7号二〇一二年二月）／「古きわが家」（『屋久島ヒトメクリ。』第2号二〇一〇年五月）／「遭難」～「ヤマバチと出会って」（書き下ろし）

長井三郎◎ながいさぶろう
一九五一年、屋久島宮之浦に生まれる。

宮浦小学校、宮浦中学校、屋久島高校、早稲田大学卒業。

一九七五年帰島し、屋久島を守る会の運動に参加。土方、電報配達請負業、上屋久町歴史民俗資料館勤務、屋久島産業文化研究所スタッフ、南日本新聞記者とさまざまな職業を転々。

その間、一湊サッカースポーツ少年団の指導やおいわぁねっか屋久島、虹会、屋久島こっぱ句会、ビッグストーン、山ん学校21の活動に参加。

現在、民宿「晴耕雨読」経営。

カバー・本文画――山下大明
ブックデザイン――堀渕伸治◎tee graphics

屋久島発、晴耕雨読

二〇一四年七月一〇日　第一版第一刷発行

著者　長井三郎

発行者　石垣雅設

発行所　野草社
東京都文京区本郷二－五－一二　〒一一三－〇〇三三
電話　〇三－三八一五－一七〇一
ファックス　〇三－三八一五－一四二二
静岡県袋井市可睡の杜四－一　〒四三七－〇一二七
電話　〇五三八－四八－七三五一
ファックス　〇五三八－四八－七三五三

発売元　新泉社
東京都文京区本郷二－五－一二　〒一一三－〇〇三三
電話　〇三－三八一五－一六六二
ファックス　〇三－三八一五－一四二二

印刷・製本　創栄図書印刷

ISBN978-4-7877-1482-4　C0095